Bianca

Emma Darcy
Dos amores para dos hermanos

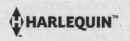

HARLEQUIN™

Editado por HARLEQUIN IBÉRICA, S.A.
Núñez de Balboa, 56
28001 Madrid

I.S.B.N.: 978-84-687-3155-1
Depósito legal: M-16706-2013
Editor responsable: Luis Pugni
Fotomecánica: M.T. Color & Diseño, S.L. Las Rozas (Madrid)
Impresión en Black print CPI (Barcelona)
Fecha impresion para Argentina: 24.2.14
Distribuidor exclusivo para España: LOGISTA
Distribuidor para México: CODIPLYRSA
Distribuidores para Argentina: interior, BERTRAN, S.A.C. Vélez
Sársfield, 1950. Cap. Fed./ Buenos Aires y Gran Buenos Aires,
VACCARO SÁNCHEZ y Cía, S.A.

Capítulo 1

TREINTA.

Si había algún cumpleaños capaz de inspirarle la fuerza necesaria para hacer un gran cambio en su vida, sin duda era ese.

Elizabeth Flippence examinó la imagen que le devolvía el espejo con una mezcla de esperanza y ansiedad. Se había cortado su larga melena castaña justo por debajo de las orejas, con unas capas que le daban volumen y hacía que le cayeran algunos mechones sobre la frente. Era un peinado más moderno y femenino, pero no sabía si arrepentirse de haber dejado que el peluquero la convenciera para teñirse el pelo de color caoba.

Desde luego era llamativo, que probablemente era lo que necesitaba para que Michael Finn se fijara de verdad en ella... como mujer y no solo como su eficiente secretaria. Porque deseaba con todas sus fuerzas que su relación con Michael dejara de una vez de ser algo simplemente platónico. Dos años era demasiado tiempo para pasárselo suspirando por un hombre que parecía empeñado en no mezclar los negocios con el placer.

Era ridículo. Estaban hechos el uno para el otro y era tan obvio que Michael tenía que haberse dado cuenta. Elizabeth llevaba meses aguantando la frustración que le provocaba el callejón sin salida en el que parecía encontrarse y por fin había decidido que ese día iba a intentar derribar todas las defensas de Michael. Al menos el cambio de imagen conseguiría atraer su atención.

El peluquero tenía razón, el color caoba resaltaba el brillo de sus ojos marrones y tenía la impresión de que el nuevo peinado hacía que su larga nariz pareciera proporcionada con el resto de la cara y le daba un aire exótico a sus rasgos marcados; incluso los labios, tan carnosos, parecían encajar mejor en el conjunto.

En cualquier caso, ya estaba hecho, así que esperaba que consiguiera el resultado esperado. Cuando Michael hiciera algún comentario sobre su cambio de imagen, le diría que había sido el regalo de cumpleaños que se había hecho a sí misma y entonces quizá... ojalá fuera así, él propondría que lo celebraran saliendo a comer, o mejor aún, a cenar juntos.

No quería seguir siendo su chica para todo, simplemente quería ser su chica. Si algo no cambiaba pronto... Respiró hondo y se enfrentó a la inevitable realidad. Los treinta eran la fecha límite para una mujer que quisiera encontrar una pareja estable y formar una familia. Ella ya había elegido a Michael Finn, pero si no cambiaba de actitud hacia ella ese mismo día, probablemente no lo haría nunca. Lo que significaría que tendría que olvidarlo y tratar de encontrar otra persona.

Enseguida borró tan deprimente idea de su cabeza, pues en aquellos momentos era esencial ser positiva.

«Sonríe y el mundo entero sonreirá contigo», se dijo. Era uno de los principios de Lucy y desde luego a su hermana le funcionaba porque se paseaba por la vida con una enorme sonrisa en los labios que siempre la sacaba de cualquier problema. A Lucy se le perdonaba todo cuando sonreía.

Elizabeth salió del cuarto de baño practicando su sonrisa y, estaba a punto de guardar el teléfono, cuando le sonó en la mano. Contestó con la certeza de que sería Lucy, que había ido a pasar el fin de semana con unos amigos en Port Douglas.

–¡Ellie! ¡Feliz Cumpleaños! ¿Te has puesto la ropa que te regalé?

–Gracias, Lucy. Sí, la llevo puesta.

–¡Genial! Una mujer debe ponerse guapa y atrevida el día de su treinta cumpleaños.

Elizabeth se echó a reír. La blusa de colores sin duda era llamativa, especialmente combinada con aquella falda tubo de color verde azulado. Aquel atuendo no tenía nada que ver con la ropa que solía llevar, pero se había dejado tentar por aquellos colores, empujada por la vehemencia de Lucy.

–También me he cortado el pelo y me lo he teñido de color caoba.

–¡Vaya! ¡Estoy deseando verte! Vuelvo a Cairns esta misma mañana. Me pasaré a verte por la oficina. Ahora tengo que dejarte.

Colgó antes de que Elizabeth pudiera pedirle que no lo hiciera.

Seguramente era una tontería, pero no le gustaba la idea de que Lucy fuera a verla al trabajo y siempre intentaba impedir que lo hiciera. Por Michael. Adoraba a su alocada hermana, pero lo cierto era que los hombres parecían encontrarla irresistible. Las relaciones no le duraban mucho. Con Lucy nada era demasiado duradero; siempre había otro hombre, otro trabajo, otro lugar al que ir.

Estuvo un rato sin saber si llamar a su hermana para que nada pudiera estropearle el día, robándole la atención de Michael. Luego pensó que quizá no era mala idea comprobar de algún modo lo que sentía por ella y esperó que le diera más importancia a ella que a cualquier atracción instantánea que pudiera sentir por Lucy. Además, quizá ni siquiera la viera, pues la puerta que separaba su despacho del de Michael solía estar cerrada. Tampoco le parecía bien decirle a Lucy que no fuera a verla; era su cumpleaños y su hermana estaba deseando verla.

Solo se tenían la una a la otra. Su madre había muerto víctima del cáncer antes de que ninguna de las dos llegara a los veinte y su padre, que desde entonces vivía con otra mujer, ni siquiera recordaba cuándo era su cumpleaños. Nunca se había acordado.

En cualquier caso, si su deseo de tener otro tipo de relación con Michael se hacía realidad, tarde o temprano tendría que conocer a Lucy. Una vez asumido que era inevitable, Elizabeth guardó el teléfono en el bolso y salió de casa rumbo al trabajo.

Aquel mes de agosto estaba teniendo unas temperaturas bastante agradables en Queensland, así que no hacía demasiado calor para ir caminando desde el apartamento que compartía con Lucy hasta el edificio en el que se encontraba la oficina central de Finn's Fisheries. Normalmente iba en coche, pero ese día prefería no tener la obligación de tener que conducir cuando volviera. Mejor estar completamente libre.

La idea le dibujó una sonrisa en los labios. Michael era sin duda el hombre ideal para ella. Finn's Fisheries era un próspero negocio que se extendía por toda Australia, vendiendo todo lo relacionado con la pesca, desde las cañas hasta la ropa. Y Michael era el que lo controlaba todo. Lo que más admiraba Elizabeth era que nunca se le escaba ningún detalle, pues era así como le gustaba ser también a ella. Juntos formaban un gran equipo, cosa que él mismo decía a menudo.

Solo tenía que darse cuenta de que debían dar el siguiente paso y formar equipo también en lo personal, Elizabeth estaba segura de que serían muy felices compartiéndolo todo. Michael tenía treinta y cinco años, así que los dos habían llegado a ese momento en el que uno debe construir algo más estable. No podía creer que Michael quisiera seguir siempre soltero.

En los dos años que hacía que lo conocía no había tenido ninguna relación larga, pero Elizabeth lo achacaba a que Michael era un adicto al trabajo. Con ella sería distinto porque ella lo comprendía.

A pesar de tanto positivismo, el corazón le latía con fuerza al entrar a la oficina. La puerta del despacho de Michael estaba abierta, lo que quería decir que ya había llegado y estaría organizando las tareas del día. Era lunes, comienzo de una nueva semana y también de algo nuevo entre ellos, pensó Elizabeth con esperanza antes de respirar hondo para tranquilizarse. Echó a andar con decisión hacia la puerta abierta.

Estaba sentado a la mesa, bolígrafo en mano y tan concentrado en lo que estaba haciendo que ni siquiera se percató de su presencia. Durante unos segundos, Elizabeth se quedó allí mirándolo, admirando la perfección de sus rasgos, el cabello negro y siempre tan corto que no podía ni despeinarse, las cejas negras que parecían dar énfasis a la inteligencia de sus ojos grises. La nariz recta, la boca firme y la mandíbula algo cuadrada completaban la imagen de un auténtico macho alfa.

Como de costumbre, llevaba una camisa blanca de calidad impecable que hacía resaltar su tez morena y, aunque no podía verlo, estaba segura de que llevaría también unos clásicos pantalones negros, su habitual uniforme de trabajo. Los zapatos estarían relucientes... Era sencillamente perfecto.

Elizabeth se aclaró la garganta y rezó para que le prestara la atención que tanto ansiaba.

—Buenos días, Michael.

—Buenos... —levantó la mirada y abrió los ojos de par en par. Dejó la boca ligeramente abierta y por un momento se quedó sin voz al encontrarse con una Elizabeth que no era la misma de siempre.

Ella contuvo la respiración. Era el momento en el que tenía que dejar de mirarla de un modo absolutamente profesional. Tenía un millón de mariposas en el estómago. «Sonríe», le ordenó una vocecilla. «Que vea lo que hay en tu corazón, el deseo que te hace arder por dentro».

Elizabeth sonrió y de pronto también él lo hizo, en sus ojos apareció un brillo de admiración masculina.

—¡Vaya! —exclamó.

Ella sintió un escalofrío.

—¡Bonito pelo y bonita ropa! —dijo, entusiasmado—. Estás espectacular, Elizabeth. ¿Eso quiere decir que hay un hombre nuevo en tu vida?

La alegría que le había provocado su reacción se desinfló al oír aquello. El hecho de que creyera que su cambio de imagen se debía a otro hombre significaba que no tenía intención de acortar la distancia que había entre ellos. Claro que... quizá simplemente estuviese tanteando si estaba libre.

Respondió, animada por esa última posibilidad.

—No. La verdad es que llevo tiempo sin tener pareja. Sencillamente tenía ganas de hacerme algún cambio.

—¡Y vaya si lo has hecho! —exclamó con aprobación.

Eso estaba mejor. Elizabeth no perdió tiempo y le lanzó el anzuelo que esperaba que mordiera.

—Me alegro de que te guste. La ropa es un regalo de mi hermana. Hoy es mi cumpleaños y se empeñó en que me pusiera guapa y atrevida.

Michael se echó a reír.

—Desde luego que lo estás. Deberíamos celebrar tu cumpleaños. ¿Qué te parece si comemos en The Mariners Bar? Si repasamos todo el inventario a lo largo de la mañana, tendremos tiempo de sobra.

Volvió a albergar esperanza. La idea de comer con él en uno de los restaurantes más elegantes de la ciudad, que además tenía unas preciosas vistas al puerto deportivo, sonaba muy bien.

—Encantada. Gracias, Michael.

—Haz la reserva para la una, así podremos terminar

aquí –agarró unos papeles de la mesa–. Hasta entonces, me gustaría que revisaras esto.

–Claro.

El trabajo era el de siempre, pero había un rayo de sol al final de la jornada. Elizabeth apenas podía contener las ganas de ir bailando hasta su mesa para recoger los documentos.

–Guapa y atrevida –murmuró Michael mirándola con una sonrisa–. Tu hermana parece una persona con mucha energía.

Eso le quitó las ganas de bailar. Debería mostrar más interés por ella y no curiosidad por su hermana. No debería haberla mencionado, pero eso ya no lo podía cambiar.

–La tiene, pero también es bastante alocada. No es demasiado constante con su vida –era la verdad y quería que Michael lo supiese. La idea de que Lucy le pareciera atractiva le resultaba insoportable.

–No como tú –comentó con admiración.

Elizabeth se encogió de hombros.

–Somos muy diferentes, sí. Más o menos como tu hermano y tú.

Las palabras salieron de su boca antes de que pudiera pararse a pensar. El hablar de Lucy la había puesto en tensión, pero no debería haber hecho ningún comentario sobre el hermano de su jefe, a pesar de lo nerviosa que la ponía Harry Finn con sus aires de playboy. No le gustaba nada que fuera por la oficina.

Michael se recostó en la silla y la miró con una ligera sonrisa en los labios.

–Desde luego Harry no está hecho para trabajar

detrás de una mesa, pero me parece que tienes una idea equivocada de él.

—Perdona —se apresuró a disculparse—, no pretendía...

¡Y ahora se quedaba sin palabras!

—No pasa nada —la tranquilizó Michael—. Sé que a veces parece muy despreocupado, pero es tremendamente inteligente y tiene todo bajo control en su negocio.

Harry Finn se dedicaba al alquiler de embarcaciones y a organizar excursiones para hacer pesca submarina o submarinismo para los turistas que deseaban conocer de cerca la Gran Barrera de Coral, y que se alojaban en el complejo hotelero que había construido en una de las islas. Un negocio de playboy comparado con el de Michael.

—Intentaré verlo de otro modo a partir de ahora —prometió Elizabeth, aunque no había cambiado de opinión sobre él.

Michael se echó a reír y eso le provocó un nuevo escalofrío.

—Supongo que te ha molestado con sus coqueteos —dedujo—. Pero no te lo tomes como algo personal, es así con todas las mujeres. Creo que lo hace solo para divertirse.

¡Pues solo era divertido para él!

Elizabeth lo detestaba.

No obstante, esbozó una ligera sonrisa.

—Lo tendré en cuenta. Ahora me voy a trabajar y a hacer la reserva para la comida.

—Sí, hazlo —le pidió él, sonriendo de nuevo—. Podremos seguir hablando de nuestros hermanos.

De eso nada, pensó Elizabeth mientras cerraba la puerta para que Michael no viera a Lucy cuando llegara. No quería que su hermana despertara aún más su curiosidad. Ni tampoco quería que Harry Finn les estropeara de algún modo la comida. Tenían que dedicar todo su tiempo a acercarse el uno al otro de una manera más personal. Sus esperanzas de futuro con Michael Finn estaban puestas en esa comida.

Capítulo 2

L AS diez y treinta y siete.

Elizabeth miró el reloj y frunció el ceño. Se suponía que los de la cafetería de abajo tenían que llevarles los cafés y las madalenas a las diez y media. Se había saltado el desayuno para poder darse el capricho de tomarse una madalena de fresa y chocolate blanco y ahora le rugía el estómago. No era habitual en ellos llegar tarde, quizá porque sabían que Michael odiaba la impuntualidad.

Por fin llamaron a la puerta y se levantó a abrir lo más rápido posible.

—Llegas tarde —dijo antes de darse cuenta de que el que llevaba la bandeja no era el camarero de la cafetería sino Harry Finn.

La miró con unos chispeantes ojos azules.

—Se han retrasado porque han tenido que hacer otro café para mí —le explicó sin disculparse.

—Explícaselo tú a Michael —le replicó entre dientes.

—No te preocupes, mi querida Elizabeth, por nada del mundo permitiría que tu impecable trayectoria quedara manchada —dijo él.

Ese tono provocador con que solía hablarle le provocaba un impulso violento muy poco habitual en ella. Harry Finn siempre despertaba algo explosivo en su interior.

—Permíteme que te diga que hoy estás impresionante. ¡Totalmente impresionante! —siguió parloteando mientras la miraba de arriba abajo.

La intensidad del examen, que se detuvo especialmente en su pecho, hizo que a Elizabeth los pezones se le endurecieran como balas que deseó poder dispararle. Entonces no habría estado tan sexy con la camiseta de surfista y los pantalones cortos que llevaba.

—El corte de pelo es espectacular, por no hablar de...

—Preferiría que lo dejaras ahí —lo interrumpió—. Tu hermano te espera.

—No le va a pasar nada por esperar un poco más —respondió con una arrogante sonrisa—. No todos los días se tiene el placer de ver una polilla transformada en mariposa.

Elizabeth meneó la cabeza y respiró hondo. No aguantaba más. ¡La había llamado polilla! Ella jamás había sido una polilla, simplemente había elegido una imagen más conservadora para que la vieran como una mujer eficiente y profesional y no pensaran que era tan voluble como su hermana.

—Se va a enfriar el café —le advirtió con una voz aún más fría.

—Me encanta la falda verde mar —continuó al tiempo que se apoyaba sobre su mesa—. Es del mismo color que tiene el agua cerca del arrecife. Y te queda de maravilla, como un guante. Me recuerdas a una sirena —sonrió con malicia—. Podrías cantar para mí.

—Solo para decirte adiós —espetó Elizabeth y fue a

agarrar la bandeja, ya que Harry no parecía tener intención de llevársela a Michael.

Eso significaba pasar junto a él, algo que normalmente trataba de evitar porque Harry era tan intensamente masculino que hacía que sus hormonas se enloquecieran, lo que resultaba enervante.

Harry Finn no tenía la belleza clásica de Michael, el suyo era más bien un atractivo pícaro; con el pelo negro, rizado y algo largo cayéndole sobre la cara, las arrugas alrededor de los ojos de pasar tanto tiempo al aire libre, la nariz ligeramente torcida, sin duda a causa de alguna rotura sufrida en su salvaje juventud y una boca en la que generalmente tenía dibujada una sonrisa burlona. Hacia ella. Como en ese momento.

—Elizabeth, ¿alguna vez te has preguntado por qué te pones tan tensa conmigo? —le preguntó sin rodeos.

—No, la verdad es que no te dedico tanto tiempo como para plantearme ninguna pregunta sobre ti.

—¡Vaya! —exclamó como si le hubiera dolido—. Si alguna vez se me suben demasiado los humos, recurriré a ti para que me los bajes.

Lo miró mientras respiraba hondo.

—Pero hoy has venido a ver a Michael, así que acompáñame.

—Si me cantas —dijo, lanzándole de nuevo esa mirada malévola.

Ella se volvió a mirarlo fijamente.

—Deja de jugar conmigo. No vas a conseguir nada. Jamás —añadió con énfasis.

Pero no parecía dispuesto a recular.

—No todo es trabajo en la vida, Elizabeth. Bueno, con Michael estás a salvo en ese sentido.

¿A salvo? Elizabeth se quedó pensándolo mientras llevaba la bandeja. ¿Por qué estaba tan seguro de que estaba a salvo con su hermano? Ella no quería estar a salvo, quería que Michael la deseara tanto que no pudiera contenerse.

Fue Harry el que abrió la puerta del despacho, saludó a su hermano llamándolo Mickey y le explicó el motivo por el que llegaba tarde su café. Michael asintió y la miró con una sonrisa en los labios que Elizabeth guardó en su corazón como si fuera un tesoro. Michael era mucho más sutil, mientras que Harry era todo fachada. Y odiaba que lo llamara Mickey, un nombre que no correspondía a alguien de su posición. No denotaba ningún respeto.

—Gracias, Elizabeth –le dijo Michael mientras ella dejaba los cafés sobre la mesa–. ¿Has hecho la reserva?

—Sí.

—¿Qué reserva? –preguntó Harry.

Y ella volvió a ponerse en tensión de inmediato.

—Es el cumpleaños de Elizabeth y voy a invitarla a comer.

—¡Vaya!

Sintió un escalofrío al oír aquella exclamación. Si se atrevía a hacer la más mínima broma... Elizabeth le lanzó una mirada de advertencia.

Él levantó la mano como si estuviera pidiéndole una tregua, pero en sus ojos había un brillo burlón.

—Feliz cumpleaños, mi querida Elizabeth.

—Gracias –respondió rápidamente antes de salir del despacho cerrando la puerta tras de sí para protegerse de aquel hombre.

Le resultó muy difícil concentrarse en el trabajo. Lo intentó una y otra vez, pero no dejaban de pasar los minutos y Lucy no había aparecido ni se había marchado Harry. Lo de Lucy no era nada preocupante, pues era habitual que cualquier cosa le hiciera cambiar de planes. Quizá ni siquiera llegara a pasar por allí, lo cual sería un alivio porque así no habría peligro de que Michael y ella se conocieran. El problema principal era Harry. No le perdonaría que se invitase a la comida y, si lo hacía, ¿qué haría Michael?

Solo esperaba que le dijera que no porque no podría surgir nada romántico si Harry estaba delante. Su presencia lo estropearía todo.

De pronto llamaron a la puerta y apareció la cabeza de Lucy por una rendija.

—¿Puedo entrar?

—Sí —respondió Elizabeth con el estómago encogido por la tensión.

Como de costumbre, Lucy lo inundó todo con su energía. Iba vestida toda de blanco, con una blusa bordada que le dejaba los hombros al aire, una falda que apenas le tapaba medio muslo y un cinturón marrón a la altura de las caderas, a juego con las sandalias de tiras que le llegaban hasta la pantorrilla. Llevaba la larga melena rubia recogida en lo alto de la cabeza, pero con muchos mechones sueltos. Parecía una modelo de esas que podían ponerse cualquier cosa y siempre estaban guapas.

—Me encanta cómo te queda el pelo, Ellie —dijo, sentándose en la esquina de su mesa, tal y como lo había hecho Harry antes.

Al verla, Elizabeth pensó que harían buena pareja.

—Estás muy sexy —siguió diciendo su hermana—. Y queda de maravilla con la ropa que elegí. Debo decir que estás maravillosa —la miraba encantada—. Dime que también te sientes maravillosa.

La sonrisa de Lucy era tan contagiosa que tuvo que sonreír también.

—Me alegro de haberlo hecho. ¿Qué tal tu fin de semana?

—Bien —dijo sin demasiado entusiasmo—. Pero he tenido una mañana horrible.

Vio por el rabillo del ojo que se abría la puerta del despacho de Michael y la tensión se le disparó. ¿Saldría solo Harry, o los dos?

Lucy pasó a enumerar todos los problemas que había tenido en el trabajo.

—No te puedes imaginar cuánto pesa la cabeza de esos ángeles —estaba diciendo.

—¿Cabezas de ángeles? —repitió Michael con asombro.

Lucy se volvió hacia él.

—¡Vaya! —exclamó mirándolo de arriba abajo sin el menor reparo y sin ocultar lo impresionada que estaba.

Elizabeth cerró los ojos y respiró hondo.

—¿Eres el jefe de Ellie?

Cuando volvió a abrir los ojos, vio que Michael estaba moviendo la cabeza como si tratase de salir del aturdimiento, mientras que, a su lado, Harry la observaba a ella con una intensidad que Elizabeth no había visto nunca en sus ojos. Tuvo la impresión de que se le hubiera colado en la mente, así que bajó la mirada de inmediato.

–Así es –dijo Michael por fin–. ¿Y tú?

–Lucy Flippence, la hermana de Ellie. Trabajo en la administración del cementerio, así que suelo tener problemas con los ángeles.

–Comprendo –murmuró Michael, que seguía mirando a Lucy como si fuera una aparición divina.

Ella se levantó de la mesa y se acercó a él tendiéndole la mano.

–Encantada de conocerte. ¿Te importa que te tutee?

–En absoluto –no le soltó la mano hasta que se dispuso a hacer las presentaciones–. Este es mi hermano, Harry.

Elizabeth rezó en silencio para que a Lucy le pareciera más atractivo Harry que Michael, pero no hubo suerte.

–Hola, Harry –lo saludó efusivamente, pero el modo de darle la mano dejó bien claro que ya había elegido.

–Encantado –respondió él en una especie de ronroneo.

Su voz no causó el menor efecto en Lucy, que no perdió el tiempo en hacerse con la atención de Michael sin ningún esfuerzo.

–No sé si sabes que hoy es el cumpleaños de Ellie, así que había pensado llevármela a comer a algún sitio especial. No te importará si me la llevo y vuelve un poco más tarde de lo habitual, ¿verdad, Michael?

Elizabeth supo de inmediato lo que iba a pasar y supo también que no podría hacer nada para evitarlo.

–La verdad es que yo iba a hacer lo mismo. Tenemos mesa en The Mariners Bar.

–¡Vaya! ¡Eres un jefe estupendo!

–¿Por qué no vienes con nosotros? Así será una celebración mejor.

–Yo me apunto también –intervino Harry.

–La reserva es solo para dos –dijo Elizabeth, aunque sabía que era en vano porque su sueño era ya imposible.

–Seguro que no tienen inconveniente en hacer sitio para cuatro –opinó Michael sin dejar de sonreír a Lucy–. Sería un placer que nos acompañaras.

–Bueno, seguro que es más divertido ir los cuatro, ¿no crees, Ellie?

No tuvo más remedio que sonreír y responder.

–Desde luego contigo no hay peligro de que haya ningún silencio incómodo, Lucy.

Su hermana se echó a reír.

–Entonces decidido. Gracias, Michael, y me alegro de que vengas también, Harry.

Sus esperanzas de que fuera un cumpleaños feliz acababan de irse por la borda. No solo tendría que ver a Michael coqueteando con su hermana, sino que además tendría que soportar los intentos de seducción de Harry. Le lanzó una mirada furiosa, pero él esbozó una sonrisa irónica; seguro que estaba impaciente por divertirse a su costa.

Aquella comida iba a ser una pesadilla.

No sabía cómo iba a poder soportarlo sin ponerse histérica o lanzarse al mar.

Capítulo 3

ELIZABETH supo enseguida que le tocaría ir caminando con Harry por el paseo marítimo hasta el restaurante, y así fue. No tenía sentido intentar luchar por la atención de Michael porque él ya había dejado muy claro que prefería ir junto a Lucy, por lo que el orgullo la obligaba a aceptarlo con la mayor dignidad posible.

Iban unos pasos delante de ellos y resultaba muy doloroso observar la conexión que había entre ellos. Lucy nunca se quedaba sin palabras y Michael parecía escuchar embobado cada una de ellas, fascinado con su chispeante personalidad. Elizabeth estaba segura de que no duraría, pero no era ningún consuelo. El daño estaba hecho. En unos minutos, Lucy había conseguido de Michael lo que ella no había logrado en dos años y no podría olvidarlo jamás, aunque más tarde Michael quisiera recurrir a ella.

Agradeció que Harry estuviese respetando su silencio porque si ya le costaba tratar con él normalmente, en aquel momento le resultaba prácticamente imposible.

Podría haberle hablado a Lucy de la pasión secreta que sentía por su jefe y haber evitado que se acercara a él, pero ella no lo habría entendido porque su hermana no concebía que se pudiera estar detrás de un hombre que no respondía como ella deseaba. De habérselo contado, seguramente Lucy habría resoplado y le habría dicho: «Olvídate de él, Ellie. Si llevas esperando tanto tiempo a que haga algo, es que no le gustas».

De pronto veía con absoluta claridad que eso era exactamente lo que ocurría.

Y era muy doloroso.

Tanto que tenía que parpadear una y otra vez para espantar las lágrimas que amenazaban con desbordarle los ojos. Tenía una presión en el pecho que apenas le dejaba respirar. Había sido una tonta al pensar que podría ocurrir algo entre ellos. No ocurriría jamás.

—Ellie...

La sobresaltó oír a Harry decir su nombre de la infancia en ese tono tan seductor.

—Me gusta —siguió diciendo—. Más que Elizabeth. Suena a alguien más despreocupado y accesible.

Elizabeth puso la espalda rígida y se volvió a mirarlo con dureza.

—No te embales. Cuando era pequeña, Lucy no conseguía decir Elizabeth y empezó a llamarme Ellie. Eso es todo. Sigue llamándome así por costumbre.

—Y por cariño, supongo —la amabilidad de su voz le encogió el estómago—. No sabe que te está haciendo daño, ¿verdad?

No podía creer que Harry fuera tan perspicaz.

—No sé a qué te refieres.

—Vamos, Ellie. Déjalo. No eres el tipo de Mickey. Yo podría habértelo dicho hace tiempo, pero no me habrías creído.

No podría haberse sentido más humillada. Le ardían las mejillas. Retiró la mirada de la certeza que veía en los ojos de Harry Finn y la clavó en la espalda de su hermano, la espalda que Michael le había dado para estar con su hermana. ¿Cómo había descubierto Harry lo que sentía? ¿También lo sabría Michael? No podía soportarlo. Si era así, tendría que dejar el trabajo de inmediato.

—No te preocupes —le dijo Harry—. Puedes seguir trabajando para él si es lo que quieres. Michael no sabe nada. Cuando se concentra en algo, no ve nada más. Siempre ha sido así.

Eso le dio cierto alivio, aunque resultaba inquietante que Harry le leyese los pensamientos de esa manera. ¿Cómo lo hacía, acaso solo estaba haciendo suposiciones? Ella no había admitido nada. Era imposible que lo supiese, ¿no?

—Claro que en realidad sería mucho mejor que dejaras el trabajo —siguió diciendo él—. No es fácil que algo te recuerde constantemente un fracaso. No es necesario que busques empleo porque puedes venir a trabajar para mí.

¿Con él? ¡Por nada del mundo haría algo así! Lo miró con los ojos encendidos por la furia.

—Para que lo sepas, yo jamás he fallado en nada que me haya pedido Michael y no tengo ninguna intención de trabajar para ti.

Harry la miró sonriendo.

—Piensa en el placer de poder decirme lo que piensas en cada momento en lugar de tener que pasarte el día conteniéndote con Michael —hizo una pausa para suspirar—. ¿Por qué no eres sincera? Acéptalo, la fantasía de que Michael caiga rendido a tus pies no se va a hacer realidad. Ríndete. Puedes verme como el mejor bálsamo para el desengaño amoroso; el estar constantemente enfadada conmigo hará que te olvides de todo.

–¡Es que eres muy molesto!

No pudo evitar explotar y lo hizo de tal modo que Michael y Lucy se volvieron a mirarla.

–No pasa nada –les dijo de inmediato–. Harry solo está siendo Harry.

–Pórtate bien con Elizabeth, Harry –le ordenó Michael–. Es su cumpleaños.

–Me estoy portando bien –protestó Harry.

–Hazlo mejor –le recomendó Michael antes de volver a centrarse en Lucy.

–Está bien, Ellie –murmuró Harry–. Vamos a tener que controlarnos un poco si pretendes hacer como que no tienes ningún problema.

–Mi único problema eres tú –le respondió–. Y deja de llamarme Ellie.

–De acuerdo, Elizabeth –corrigió con fingida resignación.

Elizabeth apretó los labios para no seguir cayendo en sus provocaciones y siguieron andando un rato en silencio hasta que él volvió a la carga.

–Esto no va a salir bien –anunció–. Si te pasas la comida callada y con esa cara, pensarán que la culpa es mía y eso no es justo. Yo no tengo la culpa de que Michael se sienta atraído por tu hermana. Lo mejor que puedes hacer es coquetear conmigo. ¿Quién sabe? Puede que hasta se ponga celoso.

La idea despertó su curiosidad. Quizá...

Las risas de Michael y Lucy hicieron desaparecer sus esperanzas de un plumazo. Sin embargo, Harry tenía parte de razón. Si no fingía estar pasándolo bien, Michael y Lucy no tardarían en darse cuenta de que la comida de cumpleaños estaba siendo un fracaso, tenía que parecer feliz, aunque no lo estuviese en absoluto.

Así pues, respiró hondo y miró detenidamente a Harry.

—Eres consciente de que si coqueteo contigo, no significa absolutamente nada, ¿verdad?

—¡Por supuesto!

—Está claro que eres un verdadero mujeriego y en circunstancias normales ni me acercaría a ti, Harry, pero dado que en estos momentos no tengo otra alternativa, te seguiré el juego por una vez.

—¡Bien pensado! Aunque no estoy de acuerdo con lo de playboy. Me gusta tomarme la vida como un juego porque creo que sienta bien, algo que me parece que tú no haces muy a menudo... pero no soy un playboy.

—Lo que tú digas —Elizabeth se encogió de hombros y dio por terminada la discusión sobre sus costumbres. Necesitaba estar tranquila y controlarse, en eso tenía razón Harry.

Apenas entraron al bar que había a la entrada del restaurante, Harry dio el siguiente paso.

—Oye, Mickey —le dijo de lejos—, ¿qué te parece si yo invito a las chicas a un cóctel y tú vas a arreglar lo de la mesa?

—De acuerdo —respondió Michael rápidamente antes de volver a centrar toda su atención en Lucy.

–No hay duda de que ha sido un flechazo –comentó Harry sin el menor énfasis–. ¿Cuántos años cumples, Elizabeth?

–Treinta –respondió sin rodeos, pero con gesto de derrota. No tenía sentido ocultarlo.

–¡El gran número! El momento de hacer un cambio importante.

Precisamente lo que había pensado ella. Y lo que tenía que volver a pensar ahora que había quedado claro que Michael no sentía ningún interés por ella.

–Quiero que me hagas un favor –le pidió Harry.

–¿Qué favor?

–He estado hablándolo con Michael esta mañana y volveré a sacar el tema después de comer. Solo quiero que no lo rechaces automáticamente porque sería el cambio ideal para ti.

–Tú no tienes ni idea de lo que es ideal para mí, Harry –le aseguró.

Él enarcó una ceja con gesto provocador.

–Puede que sepa más de lo que tú crees.

Elizabeth meneó la cabeza.

–Ya lo verás –le prometió Harry.

No respondió porque había comprobado que lo que mejor funcionaba con Harry era no dejarse provocar. En ese caso particular además, no le importaba lo más mínimo lo que tuviera entre manos. Lo único que le importaba era llegar al final de la comida sin que nadie se diera cuenta de lo desgraciada que se sentía.

Michael los dejó en una mesa del bar para ir a hablar con el maître.

–Dejadme que elija por vosotras –les pidió Harry

a las dos hermanas en cuanto estuvieron sentadas–. Elizabeth, para ti un margarita.

–¿Por qué precisamente ese? –le preguntó, tratando de ocultar la sorpresa de que hubiese elegido su cóctel preferido.

–Porque eres, como se dice en la Biblia, buena como la sal de la tierra y te admiro por ello.

Elizabeth meneó la cabeza. Aún no había llegado el día en que Harry Finn mostrara la más mínima admiración por ella. Solo había hecho un juego de palabras con la sal que ponían en las copas del cóctel.

–Has acertado en ambas cosas –afirmó Lucy con alegría–. A Ellie le encanta el margarita y sin duda es la sal de la tierra. Yo no sé qué haría sin ella. Siempre ha sido el ancla que me mantiene con los pies en la tierra.

–Un ancla –repitió Harry con gesto pensativo–. Eso es lo que le falta a mi vida.

–A ti te pesaría demasiado –replicó Elizabeth con sequedad.

–Hay pesos con los que no me importa cargar.

–Prueba con otro.

Harry se echó a reír.

–¿Siempre estáis así? –les preguntó Lucy.

–Desde luego siempre saltan chispas –aseguró Harry.

Elizabeth estuvo a punto de decir que, por su parte, las chispas eran de furia, pero recordó que había acordado fingir que coqueteaba con él, así que lo miró y dijo:

–Debo reconocer que estar con Harry resulta muy estimulante.

–¡Me encanta! –exclamó su hermana con entusiasmo–. Va a ser una comida muy divertida –se
quedó mirando a Harry–. ¿Qué cóctel elegirías para
mí?

–Para alguien tan luminoso como el sol... Una piña
colada.

Lucy aplaudió.

–Increíble, Harry. Es mi cóctel preferido –hizo
una pausa mientras él se alejaba a la barra y, una vez
a solas con su hermana, le dijo–: Es justo lo que necesitas, Ellie. Mucha diversión. Llevas demasiado
tiempo siendo responsable y va siendo hora de que
te sueltes un poco el pelo y te dejes llevar.

–Puede que lo haga –dijo Elizabeth, como si realmente hubiera algo entre Harry y ella.

–Ve por él –la animó Lucy, entusiasmada–. Yo
me quedo con Michael. Es maravilloso. ¿Por qué no
me habías dicho que tenías un jefe tan increíble?

–A mí siempre me ha parecido un poco frío –mintió.

Lucy resopló con indignación ante la falta de cri-
terio de su hermana.

–Créeme, es cualquier cosa menos frío. ¡A mí me
parece ardiente!

–Debe de ser una cuestión de química.

–Claro, tú tienes esa química con Harry –dijo con
un suspiro–. Sería divertido que acabáramos dos hermanas con dos hermanos, ¿verdad?

Elizabeth sintió un escalofrío de pavor solo de
pensarlo.

–No nos adelantemos al futuro. Vamos a tomarnos
las cosas con calma.

—Ay, Ellie, siempre eres tan sensata.

—Algo que yo valoro mucho en ella —declaró Michael al tiempo que se unía a ellas, pero se sentó junto a Lucy.

—Yo también lo valoro —respondió su hermana—. Pero también quiero que se divierta un poco.

—Para eso estoy yo aquí —anunció Harry, uniéndose también al grupo y lanzándole una mirada traviesa a Elizabeth—. Empecemos con los cócteles.

—¿Qué has pedido para Michael? —quiso saber Lucy.

—Un manhattan. Mickey es un tipo muy civilizado que se olvida hasta del sol hasta que queda deslumbrado por su luz.

Lucy se echó a reír.

—¿Y para ti?

—Yo trabajo en el mar, así que estoy acostumbrado a sentir la sal en los labios, así que también tengo predilección por el margarita.

—¿Trabajas en el mar?

—Harry se encarga de la vertiente turística de Finn's Fisheries —le explicó Michael a Lucy.

—¡Claro! —Lucy acababa de comprender el motivo por el que Harry llevaba la ropa que llevaba y era tan distinto a su hermano.

Elizabeth no alcanzaba a comprender por qué le gustaba Michael y no Harry, con el que parecía tener muchas más cosas en común. El sol y el mar deberían ir juntos. Los dos tenían una personalidad algo frívola. No era justo que hubiese surgido la chispa donde no debía.

Agarró el cóctel y tomó un buen trago después de

brindar con sus acompañantes y que todos ellos le deseasen feliz cumpleaños. Quizá pudiera olvidarse un poco de la sensatez, puesto que hasta aquel momento no le había dado nada bueno ser tan sensata. Debería tomarse unas vacaciones y no pensar en otra cosa que en divertirse; así además se alejaría de Michael y Lucy y no tendría que presenciar lo que inevitablemente iba a pasar entre ellos.

El margarita estaba delicioso. Quizá con un par de ellos le resultara más fácil olvidarse de todo y dejarse llevar... como una mariposa.

Capítulo 4

ELIZABETH se quedó mirando la carta del restaurante. Comida. Tenía que elegir algo y la cabeza le daba vueltas por culpa de los dos margaritas que se había tomado, lo que había sido un gran error. El alcohol no iba a ayudarla a resolver nada.

—Seguro que sé lo que vas a pedir, Ellie –le dijo Lucy con una sonrisa en los labios.

—¿El qué? –cualquier sugerencia era bienvenida.

—El centollo en salsa de chile.

No, en esos momentos tenía el estómago demasiado delicado para salsas picantes.

—¿Tienen centollo? –preguntó Michael con curiosidad–. Yo no lo he visto en la carta.

—Ah, ni siquiera lo he buscado, lo he dado por hecho –respondió inmediatamente Lucy, acostumbrada a buscar excusas para no admitir que la dislexia le causaba ciertas dificultades para leer con rapidez–. ¿Qué vas a pedir tú?

Después elegiría lo mismo que Michael, así no tendría que mirar siquiera a la carta y, como de costumbre, nadie se daría cuenta de su pequeño impedimento.

—¿Qué te parece si compartimos el plato de marisco variado, Elizabeth? –le propuso Harry.

–Ten cuidado porque Harry come mucho –le advirtió Michael.

Era la solución perfecta para que su falta de apetito pasara inadvertida.

–Te prometo que dejaré que pruebes todo y comas cuanto quieras –aseguró Harry con solemnidad.

–Trato hecho, entonces –dijo ella, agradecida por la ayuda.

–Podemos sellarlo con un beso –Harry se inclinó hacia ella con cara de picardía y le dio un suave beso en la mejilla.

Ella apretó los dientes para no sentir el calor que invadió su cuerpo y explotó sin pensar en que se suponía que iba a coquetear con él.

–Utiliza la boca solo para comer, Harry.

–¡Cuándo llegará el día en que pueda comerte a ti, Elizabeth! –exclamó él sin perder la sonrisa.

–Si llega, será el día del Juicio Final –replicó ella.

–Y habré llegado al Cielo.

La risa de Lucy le recordó que debía disimular lo que sentía hacia Harry y se tragó el comentario sobre el Infierno.

–Eres incorregible –murmuró en su lugar.

A lo largo de la comida fue acostumbrándose a responder a Harry con más calma a las bromas y provocaciones e incluso fingió pasárselo bien con él. Al menos él se empeñaba en captar su atención y en distraerla del espectáculo de fascinación mutua en el que se habían convertido Lucy y Michael. También se comió la mayor parte de la comida y no la obligó a comer más de lo que quería.

Resultaba extraño sentirse agradecida con Harry,

pero así era. Sin él se habría sentido terriblemente sola y triste. Lo que no sabía era cómo iba a poder ocultar esa tristeza en los próximos días. Solo esperaba que Michael y Lucy se fueran de viaje de enamorados a alguna parte y así no tener que verlos todo el tiempo.

Una vez retirados los platos y pedidos los postres, Harry apoyó un codo en la mesa y señaló a su hermano.

—Ya tengo la solución al problema del hotel, Mickey.

—Tienes que echar a ese tipo cuanto antes, Harry, esa es la única solución –se apresuró a decir Michael.

—Sí, lo sé. Pero será más fácil hacerlo teniendo ya a alguien que lo sustituya.

—Estoy de acuerdo, pero aún no tienes a nadie...

—Elizabeth. Es la persona perfecta para el puesto: eficiente, fiable y meticulosa.

Elizabeth escuchaba la conversación entre los dos hermanos con confusión, hasta que de pronto cayó en la cuenta de que eso era a lo que se había referido cuando había hablado del cambio ideal para ella. El problema era que no era tan ideal si tenía que trabajar para él.

—Harry, te recuerdo que Elizabeth es mi secretaria y ayudante –protestó Michael.

—Pero ahora mismo yo la necesito más que tú. Déjamela un mes, así tendré tiempo de encontrar a alguien.

—Un mes... –Michael frunció el ceño.

Un mes...

Era una idea tentadora. Un periodo de tiempo asequible si Harry no estaba siempre cerca. El complejo hotelero no era su único ámbito de trabajo, con lo cual no estaría allí todo el tiempo. Podría estar un mes lejos de Michael y de Lucy.

—El problema es que en cuanto Elizabeth conozca a fondo el trabajo, quizá no quiera dejarlo —mencionó Harry con el tono provocador de siempre.

«¡Imposible! Por nada del mundo querría trabajar a su lado durante más de un mes».

Michael miró a su hermano fijamente.

—No voy a permitir que me robes a mi ayudante.

—Es ella la que tiene que elegir, Mickey —dijo Harry antes de volverse hacia ella—. ¿Qué me dices, Elizabeth? ¿Quieres venir a ayudarme a dirigir el hotel como es debido? Resulta que mi inminente exdirector lleva un tiempo falseando la contabilidad para llevarse dinero, así que tendrás que hacer muchos cambios para poner todo en orden. Sería todo un reto para ti y...

—Espera un momento —protestó Michael—. Me parece que soy el que debería preguntárselo.

—Está bien. Pregúntaselo.

«¡Sí!», gritaba todo su cuerpo. Podría irse sin tener que dar ninguna explicación de por qué quería alejarse de Michael y de su hermana; todo un mes sin tener que verlos, haciendo un trabajo que requeriría toda su atención y no le permitiría pensar en nada más. Todas esas ventajas contrarrestarían la molestia de tener que tratar con Harry.

Michael respiró hondo, consciente de que estaba arrinconado.

—Es cierto que, si lo haces, estarías ayudándonos

–admitió, mirándola con sinceridad–. Tengo la absoluta certeza de que podrás hacer frente a la situación
y confío también en tu integridad. Aunque no me
gusta nada tener que prescindir de ti todo un mes...

«Me has perdido para siempre», pensó Elizabeth.

–Andrew Cook podría sustituirme –le sugirió.

Harry no perdió la oportunidad.

–¿Eso quiere decir que te vienes conmigo a la
isla? –le preguntó con una sonrisa de oreja a oreja.

Elizabeth lo miró fijamente.

–Acepto el reto de resolver vuestros problemas,
nada más, Harry.

–¡Estupendo!

El modo en que pronunció aquella palabra le provocó un escalofrío. Tenía miedo de haber aceptado
más de lo que era capaz de afrontar con Harry Finn,
pero irse con él seguía siendo mejor que quedarse allí.

–Entonces está decidido –sentenció Michael con
resignación.

–¡Todo un mes sin ti! Voy a echarte mucho de
menos, Ellie –lamentó Lucy.

–Un mes se pasa volando –«especialmente estando con Michael», añadió Elizabeth para sí.

En ese momento llegaron los postres y, antes de
dar el primer bocado a la tarta de chocolate, Harry
anunció que debían irse cuanto antes y Michael estuvo de acuerdo.

–Son solo las tres –dijo Harry, mirando su Rolex–.
Podríamos estar en la isla a las cuatro y media y que
él saliera de allí antes de las seis. Nos pondremos en
marcha en cuanto terminemos el postre y nos subire-
mos al barco.

–Es el cumpleaños de Elizabeth, Harry –le recordó Michael–. Puede que tenga otros planes para hoy.

–No, no me importa –aclaró ella, agradecida de no tener que quedarse con Lucy y con él.

–¿Y tu equipaje? –le preguntó su hermana–. Vas a estar fuera todo un mes.

–Puedes preparárselo tú y luego enviárselo –sugirió Harry–. Michael te llevaría a casa y luego te acompañaría a hacer el envío.

–Me parece bien –dijo su hermano, dedicándola una prometedora sonrisa a Lucy.

Ella respondió del mismo modo al que sin duda iba a ser su nuevo amante.

Elizabeth se bebió el sorbete de champán de un trago. Cuanto antes salieran de allí, mejor.

–¿Preparada? –le preguntó Harry en cuanto dejó la copa sobre la mesa.

–Sí –respondió sin dudarlo.

Ya en la calle, Lucy se despidió de ella con un fuerte abrazo y le deseó que se lo pasara bien con Harry.

–Lo haré –dijo ella sin molestarse en aclarar la realidad.

Michael se acercó a darle un beso en la mejilla.

–Te echaré de menos –murmuró.

«No, no lo harás», pensó Elizabeth mientras esbozaba una sonrisa con gran esfuerzo.

–Gracias por la invitación, Michael.

–Ha sido un placer –respondió, lanzándole una mirada a Lucy.

–Vámonos –ordenó Harry al tiempo que la agarraba de la mano.

Tenía una mano fuerte y firme que le transmitió una oleada de calor, pero no le importaba lo que hiciera con tal de que la sacara de allí cuanto antes, algo que le agradecía.

—¿Dónde está tu barco? —le preguntó cuando llegaron al muelle.

—Veo que estás impaciente —le dijo él con sonrisa malévola—. Debo decir que admiro tu determinación.

Elizabeth le lanzó una mirada heladora.

—Guárdate toda esa palabrería para otra, Harry. Te he seguido la corriente delante de Michael y Lucy porque me convenía hacerlo y he aceptado el trabajo porque también me viene bien. Voy a poner todo mi empeño en hacerlo bien, pero no tengo intención de pasármelo bien contigo.

Harry la miró a los ojos con una intensidad que la incomodó.

—Es lógico que pienses eso después de haber visto frustradas tus expectativas y comprendo que estés amargada durante un tiempo. Pero espero que la isla te ayude a sentirte mejor.

Elizabeth lo miró a los ojos y odió la perspicacia que vio en ellos. Habría preferido que nadie supiera lo humillada y triste que se sentía después de haber visto a Michael mirar a su hermana como jamás la miraría a ella. No podía negar la realidad, pero eso no era motivo para estar amargada o ser injusta con él.

—Lo siento —le dijo de pronto, deteniéndose en seco—. No te he dado las gracias.

—No es necesario que lo hagas, Elizabeth —respondió él con una voz suave y profunda.

—Claro que lo es. Me has ayudado a ocultar mi...

mi estado de ánimo y te agradezco mucho que hayas acudido en mi rescate una y otra vez.

—Saldrás de esta, Elizabeth. Piensa que mañana es el primer día de tu nueva vida. Eres como una mariposa que acaba de salir del capullo y es libre de volar —Harry volvió a echar a andar y tiró de ella.

El primer día de su nueva vida...

Sonaba muy bien.

De nada servía mirar al pasado y llorar por unos sueños que nunca se harían realidad. Tenía que olvidarse de Michael. Lucy seguiría adelante una vez olvidada su historia con Michael, revoloteando de un lado a otro como siempre. Era ella la que tenía que empezar de nuevo y, si lo hacía amargada, le sería mucho más difícil hacerlo.

Harry la ayudó a subir a un barco de pesca que parecía tener un motor muy enérgico.

—¿Sueles marearte en el mar, Elizabeth? —le preguntó mientras soltaba amarras—. Si lo necesitas, tengo pastillas para el mareo.

—No, no creo que las necesite.

—Necesito que llegues en plena forma.

—¿A qué le llamas tú plena forma? —necesitaba dejarlo claro de antemano.

—A como estás normalmente, con todo bajo control, altiva y segura de ti misma.

—¿Altiva? —repitió la palabra porque no le gustaba la descripción.

—Se te da muy bien. Puedes someterme a tal actitud en cualquier momento.

Pero solo porque era Harry Finn; era su única manera de defenderse de él.

–Quiero que te muestres así cuando nos enfrentemos a ese tipo. Nada de conversaciones, solo tienes que dejarlo helado.

–De acuerdo –respondió categóricamente.

–¡Esa es mi chica! –exclamó Harry, poniéndole una mano en la mejilla.

Elizabeth le agarró la mano de inmediato y decidió que debían establecer ciertas reglas antes de llegar a la isla; la primera de ellas era que no se le ocurriera tocarla. Y nada de besos en la mejilla.

Era su empleada, no su chica.

Jamás lo sería.

Ya le había hecho daño un Finn, no iba a darle la oportunidad a otro de que hiciera lo mismo. Un mes y nada más. Ahí acabaría su historia con los Finn. Tenía treinta años y, en cuanto hubiera puesto punto final a aquella huida, tendría que tomar unas cuantas decisiones para aprovechar al máximo el resto de su vida.

Debía encontrar a un hombre serio con el que compartir todo lo que le deparara el futuro.

Algo imposible con un playboy como Harry.

–¿Podrás prepararnos un café que nos despeje un poco? Mientras yo pondré en marcha los motores.

–¡Claro! Aunque yo no necesito despejarme, Harry –ya lo había hecho durante la comida.

Él la miró sonriendo.

–Yo sí. Después reúnete conmigo en el puente de mando.

–Muy bien.

Quería recibir toda la información que tuviera sobre la situación a la que iba a enfrentarse y Harry necesitaba sentir que lo tenía todo bajo control antes de llegar a la isla. Aunque lo cierto era que ella no había percibido la menor falta de control por su parte, de hecho había manejado a Michael con verdadera maestría para conseguir lo que deseaba. Más le valía tener cuidado con tal habilidad para no ser víctima de sus dotes de manipulador y acabar en su cama.

Capítulo 5

HARRY estaba eufórico. ¿Quién habría pensado al comienzo del día que se acercaría al final en semejantes condiciones? Allí estaba él, en medio del mar, a punto de librarse por fin de su deshonesto director y con la deliciosa y desafiante Elizabeth a su lado durante al menos un mes.

Ella seguía defendiéndose de él con un verdadero muro de piedra, pero al menos había desaparecido su absurda obsesión por Mickey. La encantadora Lucy había hecho su trabajo robándoselo delante de sus narices. ¡Y en el momento más oportuno! Había sido tan fácil aprovecharse del desengaño de Elizabeth.

Se había visto obligada a recurrir a él para salvaguardar su orgullo y, por mucha rabia que le diera, no había podido disimular que, al menos físicamente, reaccionaba a él intensamente. Siempre había sido así. Podría negarlo cuanto quisiera, pero la química no mentía y, ahora que Mickey había desaparecido del mapa, iba a ser una delicia alimentar esa atracción que Elizabeth era incapaz de controlar.

Ellie Flippence...

Eso era lo que debía ser y no la rígida Elizabeth que había sido hasta el momento. Aunque, a pesar de tanta rigidez, lo cierto era que tenía un cuerpo delicioso y unos pechos maravillosos que quedaban acentuados por la blusa que llevaba.

Esa mañana habría deseado alargar la mano y rozarlos, besarlos y acariciarlos a su antojo, pero ya encontraría el momento para hacerlo. Llegaría el día en que ella tendría que rendirse y dejarse llevar por un sano apetito sexual y entonces Harry la haría disfrutar de tal modo que se olvidaría para siempre de Mickey.

Pero lo primero eran los negocios.

Estaba claro que tenía que despejarse para no revelar sus planes antes de que Elizabeth estuviese preparada para ellos.

Menos mal que llevaba sandalias planas, pensó Elizabeth mientras iba de un lado a otro de la cocina del barco para preparar el café; con tanto movimiento y con tacones, habría acabado tirándose algo encima y aquella ropa tenía que durarle hasta que llegara su equipaje.

De pronto le apareció en la cabeza la imagen de Lucy preparándole la maleta en el apartamento y Michael aconsejándola sobre lo que necesitaría su hermana en la isla; una escena tan íntima que hizo que le rechinaran los dientes. Tenía que dejar de pensar en ellos y centrar sus pensamientos en lo que le esperaba en la isla.

Finn Island era uno de los lugares más lujosos del panorama turístico, tan exclusivo que solo podía alojar a veinte parejas, aquellas capaces de pagar miles de dólares por una estancia mínima de tres días. Ella nunca había estado porque estaba muy por encima de sus posibilidades, pero sí que había visto un vídeo sobre sus instalaciones por lo que tenía cierta idea de cómo funcionaba.

Había veinte villas, una pista de tenis, un gimnasio que incluía un completo centro en el que se ofrecían todo tipo de masajes. Las oficinas, la boutique, el restaurante y el bar estaban frente a la playa, rodeados de plantas tropicales y palmeras. Había además una piscina y un spa. Aparte de dichas instalaciones de artístico diseño, la isla era una zona de selva con un río en el que había preciosas cascadas y piscinas naturales a las que se podía acceder por senderos abiertos con tal propósito.

Se podían alquilar barcos con los que ir a bucear a la Gran Barrera de Coral, así como embarcaciones más pequeñas con las que acceder a las recónditas playas que se escondían en pequeñas calas por toda la costa. En resumen, la isla era el lugar perfecto para escapar... si uno estaba forrado de dinero.

Seguramente los clientes de semejante poder adquisitivo serían exigentes y esperarían solo lo mejor a cambio de lo que estaban pagando. Elizabeth esperaba que, bajo su mando, el complejo hotelero estuviera a la altura de su reputación. Lo que aún no sabía todavía era cómo se organizaba el personal y eso era lo que iba pensando mientras subía de nuevo al puesto de mando.

Se sentó junto a Harry y le dio el café, haciendo un esfuerzo por esbozar una sonrisa y demostrarle que no estaba tan amargada como creía.

–Gracias –le dijo él–. Llegaremos en unos cuarenta minutos.

—No sé nada sobre el personal del complejo, ni cómo funciona, Harry.

—Lo aprenderás enseguida —le aseguró—. Hay tres personas que estarán inmediatamente por debajo de ti en la dirección. Sarah Pickard, que es la gobernanta y la encargada de controlar al personal de limpieza. Su marido, Jack, es el jefe de mantenimiento, con todo un equipo a sus órdenes. Y el jefe de cocina, Daniel Marven, que se encarga de todo lo relacionado con el restaurante y con el bar. Él te dirá lo que necesita —hizo una pausa y apretó los labios—. El tipo al que vas a sustituir hacía pedidos más grandes de lo necesario y vendía todo lo que sobraba para ganarse unos beneficios extra.

—¿Cómo se llama?

—Sean Cassidy, pero no es necesario que lo recuerdes porque se irá en cuanto lleguemos. Ya lo he organizado todo para que salga de la isla en helicóptero lo antes posible.

—¿Vas a denunciarlo?

Harry menó la cabeza.

—Las publicidad no nos haría ningún bien. Además, no ha cometido ningún delito importante, aunque sí que llevaba bastante tiempo robándonos. Mickey y yo aún no hemos decidido qué vamos a hacer exactamente. Nadie sabe que el sumiller nos ayudó a descubrirlo porque sabemos que estas cosas afectan al negocio —entonces esbozó una sonrisa—. Por eso estás tú aquí, para que el cambio sea lo más rápido y tranquilo que sea posible.

Elizabeth asintió.

—Haré todo lo que esté en mi mano para que parezca una transición sin percances, pero al principio voy a necesitar un poco de ayuda.

–Claro. Los primeros días yo seré tu guía, hasta que te familiarices con cómo funciona todo.

Podría aguantarlo si solo eran unos días, pero debía tener cuidado de que Harry no se acercara demasiado porque, si empezaba a tomarse libertades con ella, tendría que ponerle freno de inmediato.

–Seguro que enseguida me hago con la situación.

Harry se echó a reír, mirándola con perspicacia.

–No lo dudo, Elizabeth. Estás deseando librarte de mí, ¿verdad?

Empezaron a arderle las mejillas de tal modo que tuvo que girar la cara hacia el mar para que él no lo viera. Odiaba que le leyera los pensamientos de esa manera y que le provocase tales reacciones.

–Supongo que tendrás otras cosas de las que ocuparte además del hotel –le explicó.

–Sí. Pero también soy consciente de que te estoy pidiendo algo que no has hecho nunca, así que estaré unos días contigo y luego me pasaré de vez en cuando por si tienes algún problema que yo pueda resolver.

Elizabeth deseaba poder decirle que no era necesario, que ella lo llamaría si necesitaba ayuda, pero tenía que ser consciente de que ahora era su jefe y lo que decía era razonable. Podrían surgir problemas que ella no reconociese siquiera por su falta de experiencia en el campo.

–¿Tienes residencia propia en la isla? –le preguntó entonces, preocupada por si estaba demasiado cerca.

–No, suelo dormir en el yate. Los únicos que tienen residencia propia en la isla son los Pickard porque son los únicos que viven en la isla, aparte del director. El resto trabaja diez días en la isla y cuatro en el continente, todos ellos viven en una especie de moteles.

–¿Es ahí donde voy a alojarme yo también?

–No, tú tendrás tus propias dependencias en el edificio de las oficinas.

Donde Harry podría ir a visitarla.

Elizabeth apretó los dientes al pensar aquello. Empezaba a estar paranoica con él. No podría llevársela a la cama a menos que ella se lo permitiese; lo único que tenía que hacer era mantenerlo a una distancia prudencial. Solo sería un mes y él no estaría allí todo el tiempo.

–No te preocupes por la ropa que te pondrás mañana –le dijo Harry de pronto–. Le diré a Sarah que te proporcione el uniforme.

–¿Cómo es? –no recordaba haberlo visto en el vídeo.

–Como este –dijo señalando la camiseta y los pantalones que llevaba puestos él.

La camiseta tenía el emblema de la isla en el hombro izquierdo: unas olas azules bajo las que estaba escrito *Finn Island* con muchos colores, a juego con el pez de colores que llevaba dibujado en el pecho.

Hasta entonces no se había fijado en el emblema, había estado distraída por el modo en que la prenda se ajustaba al masculino torso de Harry.

–No me había dado cuenta –reconoció–. Claro, esta mañana venías de aquí.

Habían pasado tantas cosas a lo largo del día. Tenía la impresión de que todas aquellas esperanzas se habían esfumado hacía un millón de años. En otra vida.

—Así les resulta más fácil a los huéspedes saber quién trabaja allí y quién no —explicó Harry y luego esbozó una de sus pícaras sonrisas—. Pero me temo que el uniforme no incluye ropa interior.

Seguramente estaba imaginándosela desnuda.

—Ya me las arreglaré —respondió con frialdad.

Él se echó a reír.

—Seguro que en la boutique encuentras algún bikini cómodo. Sarah te dará un secador de pelo y un cepillo de dientes. Lo que no sé es si tendrá maquillaje.

—Yo tengo algo en el bolso.

—Entonces no hay de qué preocuparse.

«Sí, de ti», pensó Elizabeth.

Al llegar a la isla y enfrentarse con Sean Cassidy en el despacho de dirección del hotel, Elizabeth vio una faceta de Harry Finn que nada tenía que ver con la imagen de playboy que tenía de él. Desapareció de pronto su actitud relajada para dejar paso a un hombre con una autoridad imponente que despidió al director con una eficiencia implacable.

Sean Cassidy se había levantado de la silla para saludarlo con una sonrisa que parecía demasiado sincera mientras miraba brevemente a Elizabeth antes de centrar la vista en Harry. Era un tipo alto y delgado, de cabello y ojos oscuros y era evidente que la llegada de su jefe lo había puesto en tensión.

—Estás despedido, Sean —anunció Harry antes de que el otro hombre pudiera decir una sola palabra—. Sal del despacho sin tocar absolutamente nada, te recogerá un helicóptero que te llevará al continente. Ve a buscar todas tus cosas porque no vas a volver.

–¿Qué demonios...? –empezó a protestar.

Pero Harry le cortó de inmediato.

–Sabes perfectamente el motivo. Tengo pruebas de todo lo que has hecho. Si te marchas sin causar problemas, no voy a denunciarte por esta vez. Pero si me entero que vas por ahí hablando mal de la familia Finn o del negocio, sufrirás unas consecuencias que no te gustarán. ¿Comprendido?

Aquella amenaza habría intimidado a cualquiera. Sean Cassidy respiró hondo, se tragó lo que fuera a decir en su propia defensa y se limitó a asentir. Parecía estupefacto.

–Vamos –le dijo Harry a continuación, señalando a la puerta–. Te acompaño a tu apartamento para asegurarme de que no te llevas nada que no te pertenezca.

En el momento en que Cassidy echó a andar hacia la puerta, Harry se volvió hacia Elizabeth con un gesto frío en el que no se vislumbraba un ápice de coqueteo.

–El despacho es tuyo, Elizabeth. Ahora estás al mando.

Solo pudo asentir porque se le había quedado la boca seca. El corazón le latía más aprisa de lo normal y el aire parecía cargado de electricidad. Aún estaba sorprendida por la energía que desprendía Harry. En los dos años que había estado trabajando para Michael, jamás había visto nada parecido en él, y eso que siempre había pensado que era el más fuerte de los dos.

No consiguió moverse hasta que Harry no salió de allí con Cassidy y cerró la puerta tras de sí. Se sentó en su nueva silla y agradeció el apoyo que le ofrecía. No podía quitarse de la cabeza la fuerza letal que había visto en Harry Finn, de pronto se sintió vulnerable y atrapada.

Sintió un escalofrío. Sabía que él jamás forzaría a una mujer. Pensándolo bien, seguro que cualquier mujer se volvería loca por él solo con verlo o recibir una mirada suya. Pero Harry la necesitaba en el aspecto profesional, así que quizá se contuviera de buscar nada sexual. Lo suyo no había sido más que simples coqueteos. Con un poco de suerte quedaría ahí.

Elizabeth meneó la cabeza para concentrarse en el trabajo y observó lo que tenía alrededor: los archivadores, los papeles que había sobre la mesa, el ordenador. En la pantalla había abierta una hoja de cálculo con la ocupación del hotel; esa mañana se habían marchado tres parejas y las respectivas villas estarían vacías hasta el día siguiente. La mayoría de las reservas eran para tres días, algunas para cinco y solo unas pocas para toda una semana. Tendría que estar muy atenta a la llegada de los huéspedes para recibirlos y despedirlos personalmente, recordando sus nombres. Los ricos siempre esperaban esa clase de detalles de cortesía.

Seguía analizando toda aquella formación cuando oyó el ruido de un helicóptero que se acercaba. Enseguida vio por la ventana a Harry saliendo del edificio con Cassidy, cargado de equipaje. Harry la miró y le dijo que volvería en veinte minutos.

No esperó a recibir una respuesta, siguió caminando sin intercambiar ni una palabra con el exdirector, que se marchó en absoluto silencio.

Elizabeth observó a Harry hasta que desapareció de su vista. Volvió a acelerársele el corazón, atónita

ante esa nueva imagen de Harry Finn que nada tenía
que ver con el hombre provocador y seductor al que
estaba acostumbrada. Le resultaba imposible seguir
catalogándolo como un simple playboy; era evidente
que tenía una enorme fuerza y eso estaba echando
por tierra sus prejuicios sobre él.

Esa mañana Michael le había dicho que su hermano controlaba todo lo relacionado con su negocio
y ahora ya no tenía ninguna duda al respecto. Había
comprobado la habilidad que tenía para leerle los
pensamientos, así que tendría que tener más cuidado
en el futuro y no volver a subestimar su capacidad
para manejar cualquier situación.

Eso hacía que se sintiera aún más atraída por él.
Demasiado.

Pero seguía siendo el hombre menos indicado
para una relación seria. Era un seductor empedernido
y eso no era algo que dijese solo ella, Michael también lo había dicho.

Al margen de lo que le hiciera sentir Harry Finn,
no tenía intención de tener con él nada más allá de
una relación puramente profesional. Podía coquetear
con ella cuanto quisiera, pero no conseguiría hacerla
flaquear.

Él no era el tipo de hombre que quería en su vida.

Tenía que buscar alguien estable, capaz de comprometerse con ella y con la familia que formarían juntos.

No como su padre.

O como Harry, que seguramente trataría a las mujeres como si fueran un surtido de caramelos que podía probar y disfrutar hasta encontrar otro que supiera
mejor.

Capítulo 6

HARRY volvió acompañado de una mujer de mediana edad con la que parecía tener muy buena relación. Entraron al despacho sonriéndose el uno al otro. La mujer tenía el cabello corto y oscuro, aunque con algunas canas, un rostro atractivo y unos ojos alegres que invitaban a disfrutar de la vida como parecía hacerlo ella. Era de estatura media y daba impresión de estar en forma.

–Sarah Pickard, Elizabeth.

–¡Hola! Bienvenida a Finn Island –le dijo la mujer con un entusiasmo contagioso.

–Gracias –Elizabeth sonrió también mientras se ponía en pie para estrecharle la mano–. Voy a tener que aprender mucho y muy deprisa, así que agradezco toda la ayuda y consejos que pueda darme.

–Encantada, pero tutéame –le pidió al tiempo que le daba la mano–. Siempre estoy cerca. Harry me ha dicho que eras ayudante de Mickey, así que estoy segura de que te adaptarás enseguida.

¿Mickey? Le pareció extraño que se refiriera a Michael con tanta familiaridad.

–Ve a ver el apartamento con Sarah y piensa todo lo que necesitas –le ordenó Harry.

–Muy bien.

Era un sencillo apartamento de un dormitorio, perfectamente limpio y decorado con buen gusto, con muebles de mimbre y almohadones con estampados tropicales. Tenía una cocina diminuta, equipada tan solo con un hervidor de agua eléctrico, un tostador y un microondas.

–Todo eso no vas a necesitarlo mucho porque te traerán la comida del restaurante –le explicó Sarah–. Solo tienes que pedir lo que quieras del menú. En los armarios encontrarás té, café, leche y bebidas frías en el refrigerador.

Elizabeth asintió, pensando que lo de la comida del restaurante era un buen aliciente; no tendría que hacer la compra, ni cocinar, ni limpiar.

–Ya han cambiado las sábanas y las toallas –siguió diciéndole–. Enseguida te traerán un cepillo de dientes y un secador. Harry me ha dicho que te ha robado de las manos de Mickey sin darte tiempo ni para hacer el equipaje.

Elizabeth frunció el ceño al oír de nuevo el diminutivo.

–Para mí siempre ha sido Michael. Solo había oído a Harry llamarlo así, y ahora a ti.

La otra mujer se echó a reír.

–Los conozco a los dos desde que eran adolescentes. En aquella época, Jack y yo nos encargábamos de la casa de sus padres. Creo que fui como una segunda madre para ellos. Yo no tengo hijos. Son los dos muy buenos chicos. No podrías haber encontrado mejores contactos, Elizabeth, como jefes o como personas.

Era evidente que les tenía mucho afecto a ambos, así que quizá su opinión no fuera del todo imparcial.

–Son muy distintos –comentó Elizabeth.

–Mickey se parece más a su padre, un hombre serio y centrado en conseguir sus objetivos. Mientras que Harry ha salido a su madre, era una persona llena de luz y de alegría que transmitía a todos los que la rodeaban. Es una lástima que... –Sarah respiró hondo, dejando la frase a medias–. Bueno, ninguno sabemos cuándo nos llegará el momento, pero puedo decirte que esos dos serían el orgullo de sus padres. Después de perderlos a los dos tan pronto, podrían haberse descarriado y, sin embargo, se hicieron cargo del negocio y cuidaron de todos aquellos que podrían haberse visto perjudicados por la pérdida. Como Jack y yo.

Hizo una nueva pausa.

–Ya me estoy yendo de la lengua. Pero bueno, tú ya conoces a Mickey; Harry me ha dicho que has estado dos años trabajando codo con codo con él.

–Así es.

–También te gustará trabajar para Harry, ya lo verás. Simplemente tienen una naturaleza distinta.

Lleno de luz... como su madre... y como Lucy. ¿Por eso se habría sentido Michael tan atraído hacia Lucy? ¿Por qué no le ocurría lo mismo a Harry? ¿Por qué tenía que atormentarla con sus provocaciones?

–Solo voy a estar aquí un mes, Sarah. Mientras Harry encuentra un sustituto para Sean.

–Bueno –agitó la mano quitándole importancia, pues estaba claro que no era algo que le preocupase–. Te enviaré un par de uniformes con el cepillo de dientes. ¿Prefieres que los pantalones sean muy cortos, bermudas o piratas?

–Bermudas –decidió Elizabeth, pensando que sería lo más adecuado para el puesto de directora.

–Harry me dijo que quizá necesitases un bikini.

–No hace falta. Lavaré la ropa interior antes de acostarme y estará seca por la mañana. Muchas gracias, Sarah.

La otra mujer sonrió amablemente.

–Me encanta la blusa que llevas. Es el tipo de prenda que solía llevar la madre de Harry.

Y la había elegido Lucy, pensó Elizabeth.

–Estoy deseando cambiarla por el uniforme –la blusa le recordaba el fracaso de sus esperanzas con Michael y sus problemas con Harry porque a él le parecía sexy–. Estaré mucho más cómoda con la camiseta del pez.

–Desde luego es más fácil porque no hay que pensar en qué ponerse. Ahora te dejo, supongo que querrás refrescarte un poco antes de volver al despacho.

–Sí. Gracias, Sarah.

Era un alivio saber que la gobernanta del hotel sería su aliada porque sin duda haría que las cosas fueran más fáciles. El hecho de que llevara tanto tiempo trabajando para los Finn confirmaba que era una persona de fiar.

Se quedó pensando en lo que le había dicho de los dos hermanos. El accidente de avión en el que habían muerto sus padres había salido en todas las noticias hacía unos diez años, poco después de que ella perdiera a su madre. En aquel momento no había sentido nada personal puesto que no los conocía, pero debía de haber sido un duro golpe para Michael y para Harry. Los dos estarían seguramente en la universidad todavía y creerían que tenían todo el tiempo del mundo para divertirse antes de decidir qué querían hacer con sus vidas. Era digno de admiración que se hubiesen puesto al frente de los negocios de su padre en lugar de venderlos y deshacerse de cualquier responsabilidad.

Pero eso no convertía a Harry en un buen candidato para una relación seria. Quizá fuera estable en el terreno laboral, pero eso no significaba que lo fuera también en lo que se refería a las mujeres.

Tuvo que pasar la siguiente hora sentada a su lado, mientras le mostraba la página de Internet del hotel y le explicaba cómo se hacían las reservas o se organizaban los horarios. Elizabeth no encontró ninguna dificultad para comprender sus futuras tareas.

Sin embargo, sí le supuso una dificultad estar tan cerca de él. Prácticamente rozándose con él, le costó más de la cuenta mantener la concentración. Las veces que lo había visto en la oficina de Cairns, había conseguido mantener la distancia mientras lo odiaba por ser tan sexy y por recordarle que era una mujer que no estaba satisfaciendo sus necesidades más primarias, pero ahora que no había prácticamente distancia posible, todo su cuerpo parecía estar pendiente de él.

Su aroma, como de brisa marina, sus brazos fuertes y musculosos que contrastaban con las formas redondeadas de ella, los dedos que movía de un lado a otro del teclado del ordenador. Él no la tocó en ningún momento, ni siquiera por accidente, pero ella esperaba en silencio que lo hiciera y al mismo tiempo se preparaba para no reaccionar en modo alguno si llegaba a hacerlo.

Tenía que aprender a comportarse con naturalidad cuando estuviese con él, pero por el momento, cada vez que la miraba para asegurarse de que estaba entendiéndolo todo, Elizabeth tenía la impresión de que era capaz de colarse en su mente con solo posar los ojos en ella. Entonces sonrió y se le encogió el estómago de la manera más absurda. Harry Finn la inquietaba incluso cuando no estaba coqueteando ni provocándola y no era eso lo que ella quería sentir. Con un poco de suerte, aquel efecto iría mitigándose con el paso de los días.

Empezaron a pasar por delante de la ventana los huéspedes que se dirigían al restaurante para cenar. Harry conocía el nombre de todos ellos y la historia de cómo habían adquirido sus respectivas fortunas, lo cual era impresionante. Elizabeth intentó memorizar toda aquella información, pero no era fácil porque eran demasiadas personas en muy poco tiempo.

—Pronto los conocerás a todos —le aseguró Harry—. Le he dicho a Daniel que esta noche cenaríamos en el restaurante, así podré seguir poniéndote al día y luego presentarte a todo el mundo.

—Me vendrá muy bien —dijo ella, agradecida.

—Espero que tengas más apetito que en la comida. Daniel se ofenderá si cree que no aprecias sus sofisticadas creaciones culinarias.

Sabía que al mediodía había estado demasiado disgustada para tener hambre, pero ahora no tendría que ver a Michael y a Lucy devorándose con la mirada. Además quería que Harry dejase de hurgar en la herida.

—La verdad es que tengo bastante hambre. Debe

de ser el aire del mar –respondió con gesto animado, decidida a comerse todo lo que le sirvieran y a alabarlo sin pararse a pensar en cómo se sentía.

–Es increíble lo que puede cambiar el mar.

«No tanto como para meterme en tu cama», se prometió a sí misma en silencio.

–Hablando de cambios, voy a quitarme esta ropa para ponerme el uniforme –anunció poniéndose en pie.

–Buena idea –la miró de arriba abajo con esa intensidad que le ponía el vello de punta–. No quiero que nuestras huéspedes te odien por estar tan guapa con esa ropa, y que los hombres piensen que eres más sexy que sus acompañantes.

–¡Vamos, Harry! –protestó ella, cruzando los brazos encima del pecho.

–Solo digo la verdad, mi querida Elizabeth.

–¡Deja de llamarme querida! –espetó, ansiosa por poner fin a sus coqueteos.

Él enarcó las cejas.

–¿Qué? ¿Es que no puedo decir lo que pienso?

–Desde luego yo no quiero oírlo.

–Puede que no sea el momento adecuado o el hombre adecuado, pero eso no lo convierte en mentira.

Elizabeth meneó la cabeza con incredulidad.

–Vamos a centrarnos en el trabajo, Harry.

–Está bien –miró a la puerta del despacho–. Ve a cambiarte. Así empezarás a adaptarte a mí y no a Mickey.

Parecía empeñado en que así fuera y eso le provocó un nuevo escalofrío. Ella tendría que empeñarse en encajar en la isla, pero no pensaba adaptarse a él en lo personal. Tenía que controlar lo que estaba pasando entre ellos para cortar de raíz cualquier complicación que solo serviría para ponerle más difícil una situación que ya lo era de antemano por culpa de Michael y Lucy.

Fue un alivio despojarse de la ropa que esa mañana había alimentado sus esperanzas. Se dio una ducha rápida para sacudirse la tristeza del día y sentir que de verdad estaba empezando de nuevo. Mientras se ponía el uniforme pensó que se había acabado lo de intentar proyectar una imagen fría y profesional, al menos durante un mes. De pronto agradeció la comodidad y la informalidad de la camiseta y las bermudas.

Tenía la impresión de llevar años soportando el peso de la responsabilidad, desde que su madre había caído enferma de cáncer y su padre las había abandonado. Había dejado que la necesidad de mantenerlo todo bajo control se apoderara de su vida. Pero ya no parecía ser tan importante; estaba en una isla, lejos de su vida de siempre, sola... sin contar con Harry, que se marcharía en cuanto se hubiese familiarizado con el nuevo trabajo.

Esa era ahora su máxima prioridad, demostrarle a Harry que ya no necesitaba que la guiara. Una vez que estuviese libre de él, aquel lugar sería como un refugio en el que volver a encontrarse a sí misma, sin tener en cuenta lo que Michael pensara o sintiera por ella, sin preocuparse por Lucy. Solo pensaría en sí misma.

Capítulo 7

HARRY la vio salir del apartamento con los ojos brillantes y la determinación de ponerse manos a la obra con su nuevo trabajo y hacerlo bien. La admiraba por la fuerza que tenía, por negarse a dejarse aplastar por un desengaño. Él había tratado de ayudarla manteniéndola muy ocupada durante las últimas horas y tenía intención de seguir haciéndolo hasta que se fuese a dormir. Entonces llegaría el momento crucial para ella; cuando estuviera a solas en la oscuridad y se le llenase la cabeza de imágenes de Michael y Lucy.

Se sentía tentado a darle algo más en que pensar, algo de lo que no pudiese olvidarse tan fácilmente como lo había hecho en el pasado, cuando lo había considerado alguien sin importancia. Eso no le gustaba nada, nunca le había gustado. Quizá fuera demasiado pronto para lanzarse, pero... ¡qué demonios! Elizabeth nunca estaría preparada para él. Estaba tan empecinada en no tener nada personal con él, que quizá lo mejor fuera sacudirle dicho empecinamiento.

Si ideaba el ambiente adecuado...

De pronto se le ocurrió una idea. Hablaría en privado con el chef antes de la cena, mientras comían se concentraría solo en el trabajo, esperaría a que se hubiesen marchado todos los clientes y luego le daría la sorpresa.

—Vamos a ver cuántas estrellas hay esta noche –le propuso con una sonrisa en los labios.

—Aún no es del todo de noche –respondió ella sin el menor interés por algo que debía de olerle a romanticismo.

—Bueno, podemos verlas salir desde la mesa del restaurante. Elizabeth, no pasa nada porque disfrutes un poco de los placeres que ofrece la isla.

Se dio cuenta de que estaba haciendo un esfuerzo por relajarse y sonreír.

—Tienes razón. Me alegro de tener la oportunidad de hacerlo.

—Estupendo. Quiero que seas feliz aquí.

Feliz...

¿Por qué no? Pensó Elizabeth. Debería dejar que todo lo demás desapareciera de su mente y entregarse de lleno a aquella experiencia; la noche tropical, las estrellas, la comida y un montón de gente interesante que conocer. Lo único que tenía que hacer era hacer caso omiso del efecto que ejercía Harry en ella, para lo cual le convendría estar rodeados de gente.

Tan pronto como entraron en el restaurante, Harry tuvo que acercarse a la mesa de una pareja que quería darle las gracias por haberles organizado una maravillosa excursión para ir a bucear cerca de la Gran Barrera de Coral. Les presentó a Elizabeth como la nueva directora y a ella le resultó fácil sonreír ante aquellas personas y ante todas las demás que le presentó durante la velada. Todos ellos estaban pasándolo bien y su buen humor parecía contagioso.

No tuvo que fingir que le gustaba la comida porque de verdad estaba deliciosa y así se lo hizo saber al chef, que sin duda dirigía el restaurante magistralmente. Elizabeth no veía ningún problema potencial. Quizá sí que pudiera ser feliz allí.

—Es obvio que los huéspedes están encantados con este lugar —le dijo a Harry mientras tomaban el café.

Él se recostó sobre el respaldo de la silla y la miró sonriendo.

—Lo estás haciendo de maravilla, Elizabeth.

Su voz era como un ronroneo que prácticamente pudo sentir en la piel como una caricia. Llevaban toda la cena hablando de trabajo, por lo que se había relajado tanto que aquel cambio de tono la pilló desprevenida. Se le aceleró el pulso y se le estremeció el estómago. En realidad él no había hecho nada, se recordó a sí misma. Ni siquiera podía considerarse un coqueteo. No tenía sentido que reaccionara de ese modo.

—Gracias —le dijo rápidamente, luchando contra sus propios sentimientos.

—No, gracias a ti —respondió él con absoluta seriedad y una mirada de respeto—. Por venir sin pensártelo y hacerte cargo de todo. Esta mañana tenía un problema y, sin embargo, ahora... —extendió los brazos como para demostrar lo tranquilo que estaba—. Eres increíble, Elizabeth.

El agradecimiento y el respeto que le mostraba le llegaron al corazón, a un corazón que había entregado a Michael, pero que él no había querido. Meneó la cabeza con gesto irónico.

—Tu hermano me enseñó a encargarme de todo.

Él meneó la cabeza también.

—Claro, es propio de Mickey. Pero me alegro que estés aquí conmigo.

Y ella se alegraba de haber escapado.

Eso era lo importante.

Se obligó a sí misma a volver a relajarse. El día estaba a punto de terminar y había conseguido superarlo sin derrumbarse.

La última pareja que quedaba en el salón se despidió de ellos antes de marcharse.

—Colin y Jayne Melville, de Goulburn —murmuró Elizabeth con gesto triunfal—. Creo que ya los tengo todos.

Harry se echó a reír con placer.

—Sabía que estarías a la altura.

El corazón le dio un vuelco. Era increíblemente atractivo, aún más cuando abandonaba el papel de playboy. Llevaba horas sin coquetear con ella, solo se había limitado a hacerle más fácil la adaptación y lo había conseguido.

A los clientes les gustaba hablar con él y era evidente que para ellos era uno más, puesto que tenía el dinero, la imagen y la confianza en sí mismo que solían conllevar el ser rico.

—Solo una cosa más antes de marcharnos —anunció al tiempo que se ponía en pie.

—¿De qué se trata? —le preguntó, levantándose también y dándose cuenta de pronto de lo largo que había sido el día.

—Los empleados han hecho una pequeña ceremonia para darte la bienvenida —le explicó—. Es en la terraza, allí hay más intimidad.

Elizabeth no dudó en seguirlo a la terraza, pues le pareció un bonito gesto que los empleados del hotel le hubiesen preparado una ceremonia de bienvenida.

Le sorprendió encontrarse con una mesa para dos en el centro de la terraza, junto a unos escalones que conducían a la playa; mantel blanco, una botella de champán en un cubo con hielo, dos copas y un plato con dos tenedores de postre. Una mesa para dos en un escenario tan claramente romántico que parecía el tipo de gesto de un playboy empedernido. ¿Acaso Harry iba a volver a transformarse en lobo una vez terminada la jornada? Le lanzó una mirada de desconfianza.

—No veo ningún empleado.

—Están esperando a que te pongas cómoda —le dijo al tiempo que le ofrecía una de las sillas para sentarse.

¿Sería cierto? No iba a mentirle siendo tan fácil descubrir el engaño. Respiró hondo y ocupó la silla que él le ofrecía. Él abrió la botella de champán y llenó las dos copas.

—Por un nuevo comienzo —dijo, levantando su copa hacia la de ella.

—Por un nuevo comienzo —repitió ella.

Tenía los nervios a flor de piel y el corazón parecía querer escapársele del pecho. Había algo demasiado íntimo en aquella situación, tanto que apenas podía mantener el control.

Harry la acarició con una mirada de admiración.

—Hoy has estado increíble, Elizabeth.

Por alguna estúpida razón, se le llenaron los ojos de lágrimas al oír el cumplido. Consiguió esbozar una tenue sonrisa y luego tomó un buen sorbo de champán con la esperanza de que la ayudara a deshacer el nudo que tenía en la garganta. Había sido un día repleto de tensión, pero ya casi había terminado. Solo tenía que aguantar un poco más.

—¡Aquí está! —exclamó Harry con alegría, mirando hacia el restaurante.

Elizabeth parpadeó dos veces antes de prepararse mentalmente para la ceremonia de bienvenida, pero, al mirar hacia donde estaba mirando él, no vio un grupo de empleados del hotel...

Allí solo había una persona acercándose a ellos.

Era Daniel Marven, que llevaba una tarta en una bandeja.

Buscó a alguien más a su espalda, pero no halló a nadie.

—Espero que te guste —le dijo el chef con una enorme sonrisa al tiempo que dejaba el plato frente a ella.

Sobre el precioso pastel de chocolate había escrito: *Feliz cumpleaños, Elizabeth*. Se quedó mirando aquellas letras, incapaz de articular palabras durante varios segundos.

—Gracias —susurró por fin.

—Buen trabajo, Daniel —le dijo Harry antes de que se fuera por donde había venido y volviera a dejarlos a solas.

Algo estalló dentro de Elizabeth, era la tensión que llevaba todo el día conteniendo. Era su cumpleaños. Su treinta cumpleaños. Había deseado tanto que fuera... completamente distinto a como había resultado. Las lágrimas empezaron a desbordarle los ojos y a caerle por las mejillas. No pudo detenerlas; no tenía fuerzas suficientes para hacerlo. Tenía la impresión de estar rompiéndose en mil pedazos.

Unas manos fuertes la levantaron de la silla y unos brazos fuertes la rodearon, apretándola contra un pecho igual de fuerte. Apoyó la cabeza en su hombro. No se resistió porque estaba tan débil como un recién nacido, un bebé que no tenía la menor idea de lo que le deparaba la vida... a pesar de haber nacido hacía treinta años. Estaba demasiado desorientada como para pensar en ello... no podía pensar en nada.

Capítulo 8

HARRY no habría imaginado que Elizabeth acabaría llorando entre sus brazos. Lo que pretendía con la tarta de cumpleaños sorpresa era alegrarla y que estuviera más predispuesta a dejarse besar, un beso que podría haber conducido a algo más al encender la chispa que ella siempre se empeñaba en negar. Pero ahora no le parecía bien aprovecharse de semejante situación.

¿Qué era lo que la había hecho llorar? ¿El hecho de cumplir treinta años? Para algunas mujeres solteras era una cifra muy delicada, especialmente si no tenían pareja y querían tenerla. ¿O habría recordado de pronto el desengaño que se había llevado con Mickey?

Era tan frustrante. Por fin tenía entre los brazos a aquella deliciosa mujer, suave, cálida y femenina y no podía hacer nada. Apretó la mejilla contra su cabello para sumergirse en su olor y le dio unas palmaditas en la espalda para intentar consolarla. Fue un alivio sentir que el llanto dejaba paso a una respiración entrecortada que le hacía subir y bajar los pechos. Deseaba agarrarla en brazos y llevársela a la tumbona de playa más cercana para hacerle el amor apasionadamente.

La tormenta que se había desatado dentro de ella amainó por fin, pero ella no se movió de sus brazos;

siguió con la cabeza apoyada en su hombro sin la menor energía. Harry deseaba recorrer con las manos cada curva de aquel cuerpo, empezando por ese trasero que contoneaba provocadoramente cada vez que se alejaba de él. La impaciencia hacía que le hormiguearan los dedos. Quería apretarla contra sí y despertar en ella el mismo deseo que lo estaba consumiendo a él.

No pudo controlar la excitación, ni tampoco deseaba hacerlo en realidad. Que se diera cuenta del poder que tenía sobre él, que supiera lo sexy que era incluso en ese estado. Quizá eso la sacara de ese mar de tristeza en el que parecía sumida. La vida era para vivirla, no para pasarla lamentándose.

A Elizabeth no le importaba que fuera Harry el que la abrazaba, simplemente quería sentir el consuelo y la seguridad que le ofrecía sin pedirle nada a cambio, el calor que mitigaba el frío de la soledad que se le había metido en los huesos.

Deseaba tanto tener siempre a alguien que la reconfortara, alguien con quien contar en todo momento. Había querido creer que podría ser Michael, pero era imposible. Y Harry... ¡Dios! De pronto sintió la evidencia de su excitación. Ella llorando desconsoladamente y él seguía pensando en el sexo.

Levantó la cabeza de su hombro, visiblemente avergonzada. Se había aferrado a él como una niña desesperada.

–Lo siento... –murmuró, suplicándole con la mirada que comprendiera que no había pretendido provocar absolutamente nada.

—¿Qué es lo que sientes? —le preguntó él, desafiante.

—No pretendía... usarte de esa manera.

—Necesitabas hacerlo. Igual que yo necesito hacer esto.

Le puso una mano bajo la barbilla y Elizabeth no tuvo tiempo de protestar, ni de hacer nada para impedir que su boca se estrellara contra la de ella. El impacto la dejó estupefacta. No era un beso lento y seductor, sino una explosión de pasión que la invadió bruscamente. Él abrió los labios y la buscó con la lengua.

Instintivamente, ella trató de frenarlo con la suya, pero solo sirvió para que creyera que estaba siguiéndole la corriente y la apretara contra sí de tal modo que no podía escapar. Los movimientos de su lengua la tentaban con aquel baile erótico que le provocó un sinfín de sensaciones que le arrebataron cualquier posibilidad de pensar con lógica.

Era todo tan intenso que se sintió completamente arrastrada. No le importó sentir su erección en el vientre; de hecho una parte de ella, quizá la más primitiva, estaba disfrutando de ello. Se vio invadida por una oleada de deseo, por la necesidad de sentirlo más y más. Comenzó a acariciarle la espalda sin darse cuenta y bajó las manos hasta un trasero firme y puramente masculino, deleitándose en la sensación de hacer suyo a aquel hombre tan increíblemente sexy.

Era tan excitante, tan embriagador... un beso conducía a otro y a otro más, desatando una pasión tan arrebatadora que Elizabeth se sintió arrastrada por completo, consumida por el deseo de unirse del todo a él.

—Sí... —le susurró él al oído, exultante y triunfal.

De pronto sintió que la levantaba del suelo y se la llevaba apresuradamente. La tumbó en algún sitio y luego él... ¡Harry! se tumbó a su lado, casi encima. Elizabeth abrió los ojos a la realidad. Estaban en una de las *chaise longues* que había en la terraza. Deseaba lo que Harry quería darle, su cuerpo le pedía sexo a gritos. Pero era una locura. Una locura que complicaría lo que debía ser su ruptura con el pasado y su nueva vida porque significaría empezar una aventura que no iría a ninguna parte, pero interferiría con el trabajo que había ido a hacer allí.

Harry le puso una pierna sobre las suyas y comenzó a levantarle la camiseta mientras la besaba de nuevo. Ella se había quedado inmóvil al darse cuenta de lo que había ayudado a provocar. ¡Tenía que detenerlo! Tenía ya una mano en su pecho y le acariciaba el pezón con tal maestría que por un momento sintió la tentación de disfrutar de ello, pero el sentido común le decía que solo hacía falta un beso más para lanzarla de lleno al mundo de Harry.

¿Era eso lo que quería?

¿Quería perder el control por completo?

El temor que le provocó la idea le hizo levantar la mano hasta la boca de Harry para impedir que volviera a besarla. Él la miró enarcando las cejas, desconcertado.

—¡Para! —le pidió.

—¿Qué? —preguntó él, frunciendo el ceño.

Tuvo que tragar saliva para poder responderle.

—No quiero seguir con esto, Harry.

—¿Por qué? Lo deseas tanto como yo.

Le apartó la mano del pecho y se bajó la camiseta.

–Ha sido un momento de locura –aseguró a modo de excusa.

–¡De eso nada! Esto se veía venir desde hace años –aseguró él con vehemencia–. Y me parece una hipocresía que pretendas cortarlo de este modo.

Elizabeth se indignó al oír aquello. Ella no lo había provocado, ni le había dado permiso para que la besara; Harry se había aprovechado de un momento de debilidad.

–Me da igual la explicación que le busques, no quiero seguir –anunció tajantemente e intentó apartarse de él.

Él la agarró y la miró a los ojos sin ocultar su frustración.

–¿Qué es lo que te ocurre? Nos deseamos mutuamente y es natural que...

–Suéltame, Harry. Esto no está bien.

–¿Que no está bien? –repitió con incredulidad–. Estaba muy bien hasta que has decidido estropearlo, pero no voy a presionarte –apartó la mano con la que la había agarrado–. Si no hubieses respondido como lo has hecho...

–No era mi intención –le dijo gritando, avergonzada de su propia reacción.

–¡Claro que era tu intención! Por una vez has aflojado ese control tan férreo que tienes sobre ti misma y te has dejado llevar por el instinto. ¿Es eso lo que te da miedo, Elizabeth? ¿Que haya sido tan intenso?

Odiaba que siempre diera en el clavo. Sí, claro que le daba miedo, pero no pensaba admitirlo.

–Supongo que estás acostumbrado a provocar la misma intensidad en muchas mujeres, Harry, pero yo no quiero quedarme destrozada cuando te centres en tu siguiente conquista.

Harry resopló con frustración.

—¡Yo no te veo como una conquista! ¿Crees que le daría el puesto de directora a una simple conquista?

—No estoy diciendo que pensaras que podría hacer bien el trabajo, pero está claro que la idea de acostarte conmigo también era un aliciente para ofrecérmelo, ¿no es así? Y ahora estás molesto porque no quiero cooperar.

Él meneó la cabeza.

—La palabra molesto no describe lo que siento ahora mismo, Elizabeth.

Estaba claro que era mucho más que eso y Elizabeth se sintió amenazada. Se puso en pie y se alejó unos pasos. Harry no se movió, se quedó allí tumbado, con la mirada clavada en ella.

—Parece que no quisieras disfrutar de la vida al máximo –la acusó–. Yo no quiero que cooperes, Elizabeth, quiero que te dejes llevar y disfrutes de lo que podría haber entre nosotros.

—Esa no es la vida que quiero –le respondió con firmeza.

—No dejas de perseguir sueños en lugar de aprovechar la realidad que se te ofrece.

—Eso es decisión mía.

—Una decisión que yo no respeto.

—No voy a quedarme aquí a menos que lo hagas, Harry.

—Puedo fingir que lo respeto. No tengas miedo de que vaya a intentar nada contigo. A partir de mañana entre nosotros no habrá nada más que trabajo.

Debería haberse alegrado de oír eso y, sin embargo, sintió una extraña presión en el pecho, una señal de decepción que prefería no analizar.

–En ese caso, me quedaré –afirmó. No tenía otro sitio donde ir sin tener que ver a Michael y a Lucy.

–Tú decides –dicho eso, Harry esbozó una irónica sonrisa antes de añadir–: No dudes en venir a verme si cambias de opinión y decides probar una vida distinta a la que has planeado con tanta rigidez.

Elizabeth respiró hondo para intentar eliminar la presión que sentía en el pecho.

–Bueno, me alegro de que lo hayamos solucionado.

–No lo dudo, estás obsesionada con que todo esté solucionado y en su lugar. Puede que algún día te des cuenta de lo mucho que se puede disfrutar improvisando.

–Ese día no va a ser hoy –dijo ella entre dientes, negándose a dejarse tentar y hacer alguna estupidez.

–Deduzco que me vas a dar las buenas noches –respondió en tono burlón–. Te traeré la tarta, quizá quieras buscar consuelo en el azúcar en medio de la soledad de la noche.

La tarta.

Lo había olvidado. No podía irse sin ella después de que el chef se la preparara, aunque lo hubiera hecho a petición de Harry, claro. Mientras lo veía alejarse hacia la mesa pensó en lo fácil que se lo había puesto, en lo rápido que había perdido el control y se había dejado arrastrar por su capacidad de seducción.

Aún le temblaban las piernas al recordar el íntimo contacto de su cuerpo y aún tenía los pezones endurecidos por la excitación. Sí, la había excitado casi hasta hacer que perdiera el control y seguramente podría volver a hacerlo si se lo permitía. ¿Cumpliría con su palabra de tener una relación puramente profesional a partir de ese momento?

Al ver que ya tenía la tarta, fue a su encuentro para que no se le ocurriera acompañarla hasta la puerta de su apartamento. No quería estar con él en un espacio tan pequeño, sus nervios no podrían soportarlo.

Apenas había dado unos pasos cuando se dio cuenta de que en una terraza superior, comunicada directamente con el bar, aún había varios huéspedes charlando y riéndose. La terraza de abajo le había parecido un lugar tan íntimo. Si alguna de esas personas se hubiese asomado o hubiese decidido bajar a la playa mientras Harry y ella... No quería ni pensar en ello. Había sido una imprudencia, pensó avergonzada por haber estado a punto de acostarse con un hombre en un espacio público.

—¿Sabías que había gente ahí arriba cuando me has tumbado sobre la *chaise longue*? —le preguntó en tono acusador.

—Sí, ¿y qué? —respondió él, mirándola como si estuviese loca.

—A ti no te importa nada, ¿verdad? —gritó, exasperada al tiempo que intentaba quitarle el plato de las manos.

Pero él lo agarró con fuerza, obligándola a mirarlo a la cara, donde encontró una expresión de claro resentimiento.

—Al contrario, me importan muchas cosas, Elizabeth. En cuanto a tu temor a que nos hubieran podido ver, te recuerdo que estamos en una isla tropical; la gente viene aquí a liberarse de sus inhibiciones y tener la libertad de acostarse con quien quieran donde quieran. A nadie le ofendería ver a una pareja pasándolo bien en la terraza, en la intimidad de la noche.

–Pero yo no soy una clienta, yo trabajo aquí –replicó, furiosa.

Él la miró con arrogancia y autoridad.

–La isla es mía, puedo inventarme las reglas que quiera para quien quiera.

–Yo vivo según mis propias reglas, Harry –lo miró a los ojos fijamente–. Dame esa tarta y buenas noches.

Le dio la bandeja y dio un paso atrás.

–Buenas noches, Elizabeth –dijo en tono burlón.

Se alejó de ella hacia la playa sin mirar atrás y sin darle oportunidad de decir nada más.

Estaba tan exhausta que tardó varios segundos en darse cuenta de que el peligro se había alejado. No era él lo que suponía una amenaza, era más bien lo que le hacía sentir; cuando estaba con él, tenía la impresión de estar siempre a punto de infringir sus propias reglas.

Ya en el apartamento, sacó un cuchillo del cajón y cortó el *Feliz cumpleaños* de la tarta. Había sido un día de cumpleaños desastroso, sin la menor felicidad. Había sufrido una dolorosa decepción con Michael, se había sentido traicionada por Lucy y perseguida por Harry.

Solo esperaba que el día siguiente fuera mejor.

Al menos solo tendría que hacer frente a Harry y, aunque no iba a ser fácil, tendría que conseguirlo.

¡Por nada del mundo volvería a derrumbarse delante de él!

Capítulo 9

HARRY siguió caminando apretando los puños para contener las ganas de luchar que aún tenía. Apenas había podido controlarlas para ser capaz de despedirse de Elizabeth de un modo civilizado, aunque se sentía cualquier cosa menos civilizado.

De acuerdo, se había precipitado con ella, pero ella tampoco se había quedado atrás. Era la primera vez que una mujer lo frenaba cuando estaban a punto de hacer el amor. Nunca nadie lo había rechazado de ese modo, aunque probablemente debería haber estado preparado para ello porque en los últimos dos años, Elizabeth Flippence había convertido el rechazo en todo un arte.

¿Cuáles eran esas malditas reglas suyas? ¿No mezclar los negocios con el placer? No podía ser puesto que había estado dispuesta a mezclarlos con Mickey. ¿Acaso tenía que estar prometida en matrimonio para acostarse con alguien? Si era así, ¿cómo era posible que a esas alturas y con esa edad existiera una mujer así? ¿Sería virgen con treinta años? Harry no podía creerlo, no con el aspecto que tenía Elizabeth.

Era obvio que necesitaba saber más de ella e idear otro plan de ataque porque no tenía intención de dejarla escapar. No comprendía por qué tenía esa necesidad de conquistarla, ni qué la hacía tan atrayente para él, pero así era y no podía evitarlo. Lo más frustrante era saber que ella sentía lo mismo.

Era todo una locura.

Se acercó a la mesa para tirar el champán que quedaba en la botella. Lo único peor que el champán sin burbujas era la sensación que se le quedaba a uno después de semejante frustración del deseo.

Mientras se encaminaba al yate pensó en su último cumpleaños. Había cumplido treinta y tres años hacía un mes y Mickey le había celebrado una fiesta. Era algo que solían hacer el uno con el otro porque era lo que acostumbraban a hacer sus padres y ninguno de los dos querría renunciar a la tradición, aunque sí que habían vendido la maravillosa casa familiar porque no era lo mismo estar allí sin ellos.

Recordó las magníficas fiestas que tantas veces había organizado su madre. A sus amigos siempre les había encantado ir a su casa. Las excursiones de pesca con su padre también habían sido geniales. Habían tenido una infancia y una adolescencia estupendas, una vida realmente feliz hasta aquel funesto día en el que se había estrellado el avión de su padre.

Entonces aquel hotel no había sido más que un proyecto sobre plano. Su padre había estado impaciente por empezar a construirlo y les había enseñado los planos a Mickey y a él. Después del funeral Harry había decidido hacerse cargo del proyecto, había querido mantenerse ocupado y crear algo que hiciera realidad las ideas de su padre. Había vivido allí hasta que había quedado terminado y lo había organizado todo para que el negocio tuviera éxito.

Mickey, por su parte, se había lanzado a dirigir las franquicias, también para estar ocupado y hacer algo por lo que sus padres estuvieran orgullosos de ellos. A ambos les había parecido la mejor manera de afrontar el dolor de la pérdida y llenar el tremendo vacío con trabajo. Ninguno de los dos había sentido el menor interés por tener novia durante aquel oscuro periodo, pues no querían que nadie pudiera exigirles ninguna implicación emocional sin comprender por lo que estaban pasando. Les había bastado con salir de vez en cuando y tener alguna que otra aventura esporádica.

Desde entonces, ni Mickey ni él habían tenido ninguna relación importante. Siempre sentían que faltaba algo, o que algo no encajaba del todo y acababan desanimándose. En más de una ocasión habían hablado sobre sus fracasos con distintas mujeres y siempre acababan recordando lo felices que habían sido juntos sus padres. En definitiva era eso lo que ambos deseaban encontrar y, mientras tanto, se limitaban a estar con cualquier mujer que les resultara atractiva.

Harry se preguntaba si duraría lo de Mickey con Lucy y entonces se acordó de las dificultades que estaba teniendo solo para empezar algo con Elizabeth.

¿Por qué se haría tantos problemas para dejarse llevar por una atracción tan absolutamente natural? ¿Por qué no probar y averiguar si podría dar lugar a una relación satisfactoria? ¿Tan aferrada estaba a lo que sentía por Mickey que no quería admitir que podría haber algo mejor?

De un modo u otro, iba a llegar al fondo de sus reticencias y a acabar con ellas.

A la mañana siguiente Harry estaba más tranquilo y se había dado cuenta de que tendría que dar más tiempo a Elizabeth para asimilar los cambios que había experimentado su vida. Lo de la noche anterior había sido demasiado precipitado, pero a partir de ahora sería más civilizado, aunque no necesariamente siguiendo sus reglas.

Seguramente la señorita Eficiencia se habría levantado temprano para ponerse manos a la obra antes de que se hubiesen despertado los huéspedes y ahora estaría en su despacho, preparada para solucionar cualquier problema.

Efectivamente, Elizabeth estaba en su despacho cuando entró Harry y le lanzó una luminosa sonrisa de aprobación.

–Buenos días, Elizabeth.

Tuvo que apartar la vista del ordenador. Lo miró y respondió a su saludo con una tensa sonrisa. En sus ojos castaños no había brillo alguno, miraban con cautela y cierto recelo. Harry sabía que había vuelto a levantar el muro con el que se protegía y que no sería fácil abrirse paso hasta ella, pero la idea de agrietarlo al menos resultaba irresistible.

Se apoyó en una esquina de su mesa y la miró con curiosidad e interés.

–¿Eres virgen, Elizabeth?

Abrió los ojos de par en par y lo miró primero con incredulidad y luego con furia.

–¿Qué? –le preguntó casi sin voz.

–Es una pregunta muy sencilla –dijo Harry–. ¿Eres virgen, sí o no?

–¡No tienes ningún derecho a preguntarme algo así!

Harry se encogió de hombros.

–¿Por qué te molesta tanto?

—¡Porque no es asunto tuyo!

—Supongo que la respuesta es que sí, dada tu suspicacia —dedujo, hablándole con amabilidad.

—¡No estoy siendo suspicaz!

—A mí sí me lo parece.

Elizabeth le lanzó una mirada que, de haber sido cuchillos, sus ojos lo habrían apuñalado. A Harry le resultó divertido. Había vuelto a causar un tremendo efecto en ella, a pesar del empeño que había puesto en cerrarse a él.

La vio apretar los dientes, luchando por mantener el control.

—Ni es asunto tuyo, ni tiene la menor relación con el trabajo y te agradecería mucho que lo recordaras.

—¡Bravo! —exclamó con admiración.

Eso la dejó confundida.

—¿Bravo qué?

—Tus reglas.

Ella resopló para soltar parte de la tensión que le había provocado.

—Me gustaría que no lo olvidaras.

—Te pido disculpas por mi indiscreción —le dijo él—. Me he dejado llevar por la curiosidad, pero lo cierto es que te comprendo mejor ahora que sé que eres virgen. Es lógico que tengas la cabeza llena de sueños románticos.

—¡No soy virgen! —las palabras salieron de su boca antes de que pudiera impedirlo.

—¿No? —preguntó, sorprendido.

Elizabeth cerró los ojos y apretó los labios. Estaba claro que se odiaba a sí misma por haber mordido el anzuelo. Harry gozó de su incomodidad. Le estaba bien empleado por la frustración que le había provocado la noche anterior. Se alegraba de haber resuelto el misterio.

—¿Ahora podemos centrarnos en el trabajo, por favor?

—Por supuesto —respondió al tiempo que se colocaba junto a ella para ver la pantalla del ordenador—. ¿Ha habido alguna reserva?

—Sí. Creo que las he hecho bien, pero si pudieras comprobarlo...

Durante la siguiente media hora Harry no se apartó de lo estrictamente laboral para no darle a Elizabeth ningún motivo de queja. Sin embargo, ella estaba tan tensa que, después de un rato, decidió concederle un descanso para que se relajara un poco.

—Le voy a pedir a Jack Pickard que, cuando pase un poco el calor, te lleve a visitar todas las instalaciones y te dé algunos datos prácticos sobre el funcionamiento. Tienes que familiarizarte con todo —se sacó el teléfono para llamar al jefe de mantenimiento—. Yo te esperaré aquí.

—Muy bien —se limitó a responder, pero no pudo disimular el alivio que sentía de saber que él no la acompañaría.

Necesitaba escapar de la presión que suponía negar lo innegable, la química sexual que había entre ellos.

Harry se dijo a sí mismo que tendría paciencia.

Más tarde o más temprano acabaría por caer por su propio peso.

Y entonces sería suya.

Elizabeth sintió una inmediata simpatía por Jack Pickard. Seguramente le habría gustado cualquiera que la alejara de Harry, pero el marido de Sarah era además un hombre dicharachero con el que charló animadamente sobre la isla y sobre su trabajo de mantenimiento. Era bajo y tenía el rostro surcado de las arrugas propias de una persona que pasaba muchas horas al aire libre y sonreía sin parar.

–Voy a enseñarte una de las villas antes de que lleguen los nuevos huéspedes –le anunció.

La isla estaba llena de pasarelas de madera que conducían a todas las instalaciones del complejo. La que tomaron para llegar a la villa vacía se abría paso entre la selva, cuyos árboles les ofrecían una sombra que se agradecía enormemente para huir del intenso calor del sol.

La casa en cuestión se encontraba en la ladera de una colina con vistas a una bahía situada junto a la playa principal. Desde el porche se podía disfrutar de un paisaje paradisiaco y la brisa que llegaba del mar lo convertía en el lugar ideal para sentarse a pasar el rato. El interior de la villa estaba perfectamente equipado con todo tipo de comodidades y caprichos, además de tener una exquisita decoración.

–En el bar que hay al lado del restaurante hay una completa biblioteca –le dijo Jack mientras ella observaba el lugar maravillada–. Los clientes pueden utilizarla a su antojo y tú también, Elizabeth.

–Es bueno saberlo.

Si tenía que matar algunas horas de soledad o necesitaba sacarse a Harry de la cabeza, los libros le serían de gran ayuda. Seguía furiosa con él por haberle preguntado si era virgen; como si pensara que ese era el único motivo por el que podría rechazarlo una mujer. Ahora que lo pensaba, quizá debiera haberle dicho que lo era y así se lo habría quitado de encima para siempre. Claro que quizá lo habría visto como un desafío y se habría empeñado aún más en enseñarle los placeres del sexo. Con Harry era difícil saber nada con certeza y eso lo hacía tan exasperante y...

Elizabeth respiró hondo y trató de concentrarse en lo que estaba viendo. El cuarto de baño, al igual que el dormitorio, estaba pensado para que los huéspedes disfrutaran al máximo.

–Es todo fantástico –le comentó a Jack.

–Sí, Harry hizo un magnífico trabajo.

–¿Harry?

–Sí, todo el diseño de interiores fue idea suya. Su padre había ideado la estructura de las villas, pero cuando murió él se hizo cargo de todos los detalles y supervisó el proyecto hasta que estuvo acabado, momento en el que empezó a promocionarlo.

Aquello no encajaba con la imagen de playboy que tenía de Harry Finn. Pensó que era desconcertante hasta que cayó en la cuenta de que ese talento nada tenía que ver con su manera de tratar a las mujeres.

Después de aquello, Jack le señaló a otra colina y le contó que en lo alto había otras dos villas que no podía enseñarle porque estaban ocupadas.

–Cada una de ellas tiene una piscina que parece fundirse con el mar. Fueron idea de Harry porque no formaban parte del proyecto original.

–He visto que son las más caras de la isla –recordó Elizabeth.

–Sí, es el paraíso de los recién casados.

Durante el resto de la visita, Elizabeth fue dándose

cuenta de que Jack sabía de todo, desde electricidad a jardinería.

—¿Cómo es que nunca has empezado tu propio negocio, Jack? —le preguntó, dejándose llevar por la curiosidad—. Eres una persona muy preparada.

—Me daría mucha pereza hacer todo el papeleo necesario. Además estoy muy contento con mi trabajo aquí, con Harry. Sarah y yo tenemos una vida maravillosa.

—Tenéis mucha suerte —le dijo con cariño.

—Lo sabemos.

Ya a solas, Elizabeth se preguntó si alguna vez se sentiría tan satisfecha con su vida como lo estaba Jack. Desde luego no sería ese día, mientras Harry la esperaba en su despacho. Le horrorizaba pensar lo tentada de dejarse llevar que había estado la noche anterior. Hacía mucho tiempo, casi tres años, desde su última relación medianamente seria, pero eso no era motivo para lanzarse a una aventura sin futuro.

Nunca había sido de las que se acostaba con hombres por puro disfrute físico; necesitaba sentir verdadera conexión con la persona con la que estuviera antes de llegar a nada íntimo. Y si Harry pensaba que eso era tener la cabeza llena de sueños románticos, era porque no encajaba con su mentalidad de playboy. No tenía intención alguna de cambiar sus reglas por él, aunque tenía que admitir que era el hombre más sexy que había conocido, lo que hacía que todo fuera tremendamente difícil cuando estaba con él.

Como era lógico, lo ocurrido la noche anterior había hecho que ahora fuera aún más sensible a él y a su presencia. Debía de haberse vuelto loca para dejarle llegar tan lejos. Ahora, cada vez que lo miraba a los ojos, sabía que estaba pensando en lo sucedido, igual que lo hacía ella.

No pudo evitar ponerse nerviosa al volver al despacho, sabiendo que él estaba allí.

—¿Te ha gustado la visita? —le preguntó, sonriente.

Ella le sonrió también.

—Has creado un lugar impresionante, Harry. No se me ocurre nada para mejorarlo.

—Si se te ocurre, dímelo, por favor. Me gusta acercarme lo máximo posible a la perfección.

¿Sería también el amante perfecto?

A Elizabeth le sorprendió su propio pensamiento, por eso lo apartó inmediatamente de su mente.

—¿Ha habido algo nuevo en mi ausencia? —le preguntó para no seguir pensando lo que estaba pensando.

—Ha llamado Mickey. Va a poner tu maleta en el helicóptero que traerá hoy a los nuevos huéspedes —esbozó una nueva sonrisa—. Así que esta noche no tendrás que lavar a mano tu ropa interior.

—Me alegro.

—Lucy me ha pedido que, si se le ha olvidado algo, le mandes un mail y así podrá traértelo cuando venga con Mickey este fin de semana.

Elizabeth se quedó paralizada.

El corazón dejó de latirle por un momento y se le encogió el estómago.

Lucy... iba a ir con Michael a la isla donde ella había escapado para huir de ellos.

¡Menuda huida!

Capítulo 10

HARRY vio cómo se le llenaban los ojos de lágrimas. Se había quedado completamente inmóvil. Sabía que era un momento decisivo. Esperó en silencio, intentando adivinar cómo iba a reaccionar a la noticia bomba que acababa de soltarle.

¿Preservaría su orgullo recibiendo con los brazos abiertos a Mickey y a su hermana y fingiendo que no le dolía verlos juntos?

Mickey no tenía ni idea de lo que sentía Elizabeth por él, ni tampoco Lucy, por lo que ninguno de los dos trataría de hallar muestras de dolor en su comportamiento. No sería difícil que la pareja hiciera la visita a la isla y se marchara sin saber nada, especialmente si Elizabeth estaba dispuesta a fingir que el que le interesaba era él. Para ello tendrían que acercarse bastante más el uno al otro, pensó Harry, deseando que Elizabeth eligiera esa opción.

Claro que, ahora que Mickey y Lucy habían echado por tierra su huida de ellos, la isla había dejado de ser un refugio para Elizabeth. Harry sabía también que la noche anterior había ido demasiado lejos y demasiado rápido y que probablemente habría herido la sensibilidad de Elizabeth. Cabía la posibilidad de que dejara el trabajo, se fuera a la playa a esperar el helicóptero y largarse de allí sin importarle lo que pensara nadie.

Pero no podría hacerlo.

Lucy era su hermana y la necesitaba para dar estabilidad a su vida, una responsabilidad que Elizabeth no podría obviar. No era de las que se desentendían de todo para ser libres. Quizá lo hubiera hecho durante un tiempo, pero nada más.

Tenía que impedir que se marchara porque mientras la tuviera cerca, aún tendría alguna posibilidad con ella. Podría seguir desafiándola, desgastando su resistencia hasta que se diera cuenta de que entre ellos podría haber algo maravilloso.

Elizabeth estaba aturdida. Había supuesto un tremendo esfuerzo mantener la compostura delante de Michael y Lucy durante todo el día anterior y también aprender a dirigir el complejo hotelero a toda velocidad. Pero ahora se le escapaba entre los dedos el único motivo por el que había luchado tanto y por el que estaba allí.

No soportaba la idea de tener que volver a fingir frente a Michael y Lucy durante todo el fin de semana. Era demasiada presión, demasiadas mentiras, especialmente teniendo a Harry al lado, preparado para aprovecharse de cualquier momento de debilidad porque tendría la tentación de volver a utilizarlo como escudo. Aquello no estaba bien, pero lo peor era que estaba atrapada allí... atrapada en su propio engaño.

Si de pronto dejaba el trabajo después de haber fingido que estaba a gusto con Harry, ¿cómo iba a explicárselo a su hermana? No tendría ningún sentido. Tampoco sería justo decirle la verdad porque le estropearía lo que estaba empezando con Michael, fuera lo que fuera, en cuanto supiera el dolor que le estaba causando, algo que Lucy jamás haría conscientemente porque, debajo de tanta frivolidad, su hermana tenía un corazón de oro.

Soltó el aire que tenía en los pulmones y volvió a respirar hondo una vez más antes de mirar fijamente a Harry, su salvación y su tormento. En sus ojos no había en esos momentos la menor picardía, solo la observaban con absoluta atención, alertas a cualquier señal que pudiera delatar lo que sentía o lo que pensaba.

El día anterior ya le había demostrado lo perspicaz que era y, sabiendo lo que sabía, lamentaba que esa vez no hubiera hecho nada para protegerla.

—Podrías haber intentado disuadir a tu hermano de que viniera, Harry —le dijo en tono acusador.

—¿Cómo? —preguntó él—. ¿Diciéndole que no quieres verlo? Mickey quiere ver si te estás adaptando bien, y tu hermana también.

—Podrías haberle dicho que estaban ocupadas todas las villas y que no había alojamiento para ellos.

—No tengo por costumbre mentir. Además, Mickey tiene un barco lo bastante grande como para que puedan dormir en él. Si le hubiera mentido, no habría tardado en darse cuenta de que tenemos dos villas vacías y se habría preguntado por qué. ¿Te habría gustado tener que responder a sus preguntas?

Elizabeth apretó los labios, asumiendo que no había escapatoria posible, ni tampoco tenía sentido protestar.

–¿Qué villa les has reservado? –le preguntó entonces.

–Mickey me ha pedido una de las de la colina y como quedaba una libre el fin de semana, no he tenido inconveniente en dársela.

Las de la colina... ¡el paraíso de los recién casados!

Apartó la vista para huir de la mirada de Harry, pero en su mente aparecieron imágenes de Michael y su hermana disfrutando de un fin de semana de ensueño: haciendo el amor en una de aquellas enormes camas, refrescándose en la piscina que se fundía con el mar y bebiendo champán a la puesta de sol. No pudo evitar pensar que todo eso debía haberlo hecho ella con Michael, no Lucy.

Había pasado dos años soñando con pasar un fin de semana así con él. ¿Por qué no se había sentido tan atraído por ella como obviamente se sentía por Lucy? Harry la encontraba sexy y estaba dispuesto a llevársela a la cama en cualquier momento. La noche anterior había estado a punto de hacerlo.

–No vienen hasta el sábado por la mañana –le explicó Harry–. Solo será una noche, Elizabeth.

Como si eso cambiara algo, pensó con amargura. Lucy se pasaría presumiendo de lo feliz que era con Michael desde que se bajara del barco hasta que volviera a subirse en él para marcharse. Durante el tiempo que estuvieran allí iba a ser una dura batalla el fingir que ella también era feliz con Harry.

A menos que...

De pronto se le ocurrió una idea perversa.

Poco a poco fue tomando forma, convirtiéndose en un plan que le permitiría salir airosa de aquel fin de semana.

Para Harry sería una noche de diversión, un juego que le daría el triunfo que tanto había buscado y por eso no le importaría el motivo por el que lo hacía ella. Y ella no sufriría porque sería ella la que orquestara el juego, la que controlaría lo que pasaba.

Podía dejar a un lado los principios y, por una única noche, ser una mariposa que revoloteaba libremente. Quizá fuera eso lo que necesitaba, a modo de catarsis que la ayudaría a deshacerse de toda la presión emocional dejándose llevar por una sensación puramente física. Harry le había demostrado la noche anterior que era capaz de volverla loca de excitación. ¿Por qué no comprobar también hasta dónde podía llevarla?

Si estaba bien... incluso genial, podría enfrentarse a Lucy y a Michael sin tener la terrible sensación de que se estaba perdiendo todo lo bueno de la vida, puesto que habría disfrutado ya de lo que iban a disfrutar ellos y en el mismo lugar en que iban a hacerlo ellos. Eso serviría para cortar de raíz cualquier atisbo de celos y de envidia, dos sentimientos horriblemente negativos que no quería sentir hacia su hermana. Lucy era Lucy. Ella no tenía la culpa de que Michael se hubiese quedado fascinado con ella y Elizabeth no iba a permitir que lo que había entre ellos empañara en modo alguno la estrecha relación que había tenido siempre con su hermana.

Pero para todo ello, necesitaba la ayuda de Harry.

Necesitaba su talento de playboy para que le hiciera sentir un placer tan intenso que borraría todo su dolor.

Si no quería participar en el plan... Claro que querría. Le había dicho que quería que se dejase llevar y eso era precisamente lo que iba a hacer.

Lo miró solo un instante. Estaba recostado sobre el respaldo de la silla, esperando con aparente relajación a que ella reaccionara. Pero cuando se encontró con su mirada, se dio cuenta de que trataba de averiguar qué estaba pensando. No tenía sentido utilizar evasivas. Había decidido lo que quería de él. Lo miró a los ojos y lo observó mientras le planteaba la pregunta que debía empezar algo completamente nuevo.

−¿Aún quieres acostarte conmigo, Harry?

Lo vio abrir los ojos de par en par. No hubo un sí inmediato. El corazón estuvo a punto de escapársele del pecho mientras aguardaba su respuesta y lo veía intentar asimilar qué significaba ese cambio de parecer por su parte.

−Es algo que deseo constantemente desde hace bastante tiempo −dijo por fin, muy despacio−. Creo que la pregunta es si por fin te has dado cuenta de que tú también quieres acostarte conmigo.

−Sí −respondió sin dudarlo−. Pero solo con ciertas condiciones.

Tenía que ser según sus planes, si no, nada.

Harry ladeó la cabeza. No parecía precisamente impaciente por cumplir sus deseos, simplemente la observaba fijamente. Elizabeth no se dejó intimidar.

−Tú dirás cuáles son esas condiciones.

Ella respiró hondo y deseó en silencio que aceptara lo que iba a proponerle.

–La villa de la colina está vacía el viernes por la noche. Quiero que sea allí y solo esa noche. Después volveremos a tener una relación estrictamente profesional.

Harry tuvo que echar mano de todo su autocontrol para no reaccionar violentamente, para mantenerse sentado y aparentemente tranquilo, como si estuviese considerando una propuesta que en realidad le había revuelto el estómago. Elizabeth no lo estaba haciendo por él, ni por la química que había entre ellos. Lo hacía por Mickey y Lucy. Por algún oscuro y retorcido motivo, probablemente quería fingir que era su hermano y quería hacerlo en el mismo lugar en el que después estaría Mickey con Lucy.

¡Por nada del mundo iba a permitir que lo utilizase como sustituto!

Era un duro golpe para su orgullo porque demostraba lo poco que le importara lo que él sintiera. El día anterior le había sugerido que lo utilizase para ocultar su tristeza, pero aquello... era demasiado y la odiaba por ensuciar de ese modo lo que podría haber entre ellos.

¿La odiaba?

Nunca había sentido nada parecido hacia nadie. ¿Por qué le afectaba tanto? Era una locura. Debería quitársela de la cabeza inmediatamente y buscarse otra mujer que quisiera estar con él y con la que podría disfrutar, al menos durante un tiempo.

Pero... ¡maldita fuera! Seguía deseando a la inasequible Elizabeth Flippence!

«Acuéstate con ella y acaba con todo esto de una vez», se dijo a sí mismo.

Podía aprovechar la situación en su propio beneficio, añadir sus condiciones y volverla tan loca de placer que le borraría a Mickey de la cabeza para siempre y entonces solo lo desearía a él.

Seguía esperando pacientemente a que aceptara su propuesta, mirándolo fijamente como si pretendiera poner a prueba el deseo que sentía por ella. Era muy sencillo. O aceptaba su plan o no habría posibilidad de que entre ellos hubiera nunca nada personal.

–Está bien –dijo con calma–. Reservaré la villa para la noche del viernes.

La vio asentir y supo lo que estaba pensando. Lo consideraba un playboy así que creería que siempre le parecería bien una noche de sexo sin compromisos, sin importarle el motivo por el que se la hubiera ofrecido.

Harry decidió actuar de acuerdo con esa absurda idea.

–Siempre y cuando aceptes ciertas condiciones –añadió con una sonrisa malévola.

–¿Qué condiciones? –ahí estaba otra vez la tensión.

–Que no me digas que no a nada que te proponga.

–No voy a hacer cosas raras, Harry –se apresuró a aclarar.

–No estoy hablando de sadomasoquismo ni nada parecido –le aclaró–. Me refiero a un poco de diversión erótica.

–¿Qué es lo que consideras tú diversión erótica?
Volvió a sonreír con picardía.

–¿Qué te parece si te pones la blusa que te regaló
tu hermana, pero sin sostén? –dijo y continuó hablando al ver el modo en que se ruborizaba–. También podrías ponerte la parte de abajo de un bikini
que se anude a los lados y que te pueda quitar con
solo tirar del lazo. Seguro que encuentras alguno en
la boutique.

Elizabeth meneó la cabeza.

–No sabía que necesitarás ropa provocativa para
excitarte.

–No la necesito –aseguró, encogiéndose de hombros–. Solo quiero que por una vez me lo pongas fácil
y te muestres asequible. Llevo dos años pegándome
de bruces contra ese muro tras el que te escondes.

Ella volvió a sonrojarse.

–¿Algo más?

–Déjame que piense. Todo esto es muy repentino,
pero, si solo voy a disfrutar de una única noche con
Elizabeth Flippence... –enarcó una ceja–. Porque ese
es el plan, ¿no?

–Sí –respondió entre dientes.

–Entonces quiero que sea algo inolvidable, algo
muy especial. El encuentro más sensual de mi vida.
Tendré que pensarlo bien.

–¡Está bien! –espetó ella–. Tienes tres días y medio para pensarlo. Ahora vamos a trabajar.

Harry la miró detenidamente. Elizabeth Flippence
era una mujer de armas tomar. Pero ya haría que se
ablandara el viernes por la noche.

Se puso en pie de golpe.

–Repasa el informe sobre los proveedores que tienes abierto en el ordenador, anota todas las preguntas que tengas, yo volveré dentro de un rato y te las contestaré. ¿De acuerdo?

–De acuerdo.

El alivio que sintió Elizabeth al ver que se iba era palpable.

Él también necesitaba alejarse de ella, así que salió del despacho rápidamente. Un poco de ejercicio lo ayudaría a descargar la violenta energía que lo había invadido.

Tres días y medio...

Se preguntó si después de la noche del viernes quedaría libre por fin de esa absurda obsesión por Elizabeth Flippence porque empezaba a odiar la tremenda influencia que ejercía en él. Y probablemente ella odiaba también la influencia que tenía él en ella.

¿Podrían resolverlo todo con el sexo?

Imposible saberlo de antemano.

Tendría que hacerlo para saber si insistir en intentar tener una relación con aquella exasperante mujer, o debía olvidarse de ella. Todo dependía de una sola noche y pensaba aprovecharla al máximo.

Capítulo 11

ELIZABETH se negó a arrepentirse en modo alguno de haber decidido aceptar como amante a Harry Finn. Quizá fuera una imprudencia acostarse con él y probablemente aquella única noche que iban a pasar juntos tendría consecuencias que no le gustarían, pero no quería pensar en lo que ocurriría después. Por una vez sería absolutamente irresponsable, excepto en cuanto al control de natalidad, eso no podía descuidarlo.

Abordó el tema en cuanto Harry volvió al despacho.

—Yo no tomo la píldora —le dijo bruscamente—. ¿Puedes encargarte tú de los preservativos el viernes?

—Claro —respondió él alegremente—. Por cierto, tengo otra condición.

Elizabeth se puso en tensión. Si era algo demasiado extravagante...

—Mientras estemos en la villa, quiero llamarte Ellie.

—¿Por qué? —preguntó, desconcertada.

Harry se encogió de hombros.

—No sé, es un nombre de la infancia que evoca cierta inocencia. Me gusta la idea.

—Yo no soy inocente, Harry —no podía seguir creyendo que era virgen.

–Aun así, me gustaría. ¿De acuerdo?

Elizabeth meneó la cabeza sin comprender aquel extraño capricho, pero... ¿qué más daba?

–Si eso te hace feliz.

–Sí –afirmó y luego le dedicó una sonrisa–. También quiero hacerte feliz yo a ti, así que si se te ocurre algo para disfrutar aún más de la noche, dímelo. Tus deseos son órdenes.

–Prefiero dejarlo todo en tus manos, Harry –dijo secamente, pues no quería pensar demasiado en ello.

Sin embargo, lo hizo a menudo durante los siguientes dos días. Y las noches. En lo que apenas pensó fue en Michael y Lucy y eso le resultó curioso. La idea de ir a acostarse con Harry hizo que estuviera más sensible a él que nunca y todo su cuerpo parecía impaciente por que llegara el momento.

Harry no puso ninguna otra condición, ni volvió a tocar el tema; se dedicaron únicamente al trabajo, tal y como le había pedido ella.

Encontró un bikini rojo en la boutique que se ajustaba a lo que Harry había imaginado y le pareció que el color encajaba con la ocasión, puesto que iba a acostarse con un hombre al que no amaba. Extrañamente, no se sentía culpable por lo que iba a hacer; de algún modo representaba la libertad que seguramente no podría haber sentido con alguien a quien amara. No había sueños que estropear, ni expectativas de pasar el resto de la vida juntos. Solo era una noche de diversión con Harry Finn.

El viernes por la mañana, Harry anunció que tenía un asunto del que ocuparse en Port Douglas y que estaría fuera durante casi todo el día. Puso un cartel en las oficinas en el que anunciaba que estarían cerradas a partir de las seis de la tarde y le pidió que fuera a la villa a esa hora.

—Yo te estaré esperando para no perdernos la puesta de sol —añadió con una sonrisa que desató su impaciencia.

—Llevaré una botella de champán —dijo ella, acordándose de la escena que había imaginado entre Michael y Lucy.

—No es necesario. Ya hay una allí.

—¿Llevo comida, entonces?

—También me he encargado de eso. Solo tienes que ir tú, Elizabeth —resumió antes de levantar la mano para despedirse—. Que tengas un buen día.

—Tú también —respondió con una sincera sonrisa.

No había tenido que hacer el menor esfuerzo para sonreír. Ahora que no tenía que resistirse a él, estaba mucho más a gusto en su presencia y, si debía ser sincera, lo cierto era que deseaba darle lo que tantas veces le había pedido.

Era un hombre muy sexy.

Que también hacía que ella se sintiera sexy.

Estaba deseando que llegara la noche. Seguramente se habría odiado a sí misma si se hubiese dejado seducir, pero el hecho de haberlo decidido voluntariamente le hacía sentir un extraño poder que lo cambiaba todo.

Cuando llegaron las seis en punto y se puso en camino hacia la villa, empezó a estar nerviosa. Jamás había hecho nada parecido, pero ya no había vuelta atrás.

Encontró a Harry de pie junto a la piscina, con la

mirada clavada en el mar. Solo llevaba unos pantalones cortos. Elizabeth se detuvo en seco al ver su torso desnudo, sus músculos definidos y la piel bronceada. Tenía un cuerpo perfecto que despertó dentro de ella un deseo profundamente femenino.

No pasaba nada por sentirse atraída por él, se dijo. Era natural.

Como si hubiese sentido su presencia, Harry se volvió hacia ella y la recorrió de arriba abajo con la mirada. Aún llevaba el uniforme del hotel, por lo que levantó la mano en la que llevaba la bolsa con la ropa que él le había pedido.

—Acabo de terminar en la oficina, así que pensaba ducharme aquí –le explicó.

—Hazlo rápido porque el sol está ya muy bajo.

Por dentro la villa era muy parecida a la que le había enseñado Jack, por lo que no tuvo problema para encontrar el cuarto de baño. Apenas cinco minutos después salió de nuevo, ya duchada y vestida con las braguitas del bikini rojo y la blusa con un solo botón abrochado.

Le había pedido que se mostrara accesible y no podría decir que no lo estaba. La fina tela de la blusa permitía entrever la forma de sus pechos sin sostén e incluso el tono oscuro de la aureola y los pezones, ya endurecidos.

Estaba a punto de salir cuando sintió un agradable aroma a flores que la hizo mirar hacia el dormitorio. Harry había encendido una generosa cantidad de velas aromáticas y había formado con ellas un caminito que conducía hasta la cama.

¿Las habría comprado en Port Douglas? ¿Por qué

tomarse tantas molestias? No era una noche román-
tica. ¿Acaso quería que ella pensara que lo era? ¿Por
qué iba a querer algo así? No lo entendía, pero... era
un bonito detalle por su parte.

Salió por fin con una sonrisa en los labios.

−¿Sueles ofrecer a todas las mujeres velas aromáticas? –le preguntó.

−No –respondió de inmediato, pero luego hizo una
larga pausa para mirarla detenidamente y hacerla
sentir tremendamente consciente de todo su cuerpo–.
Pero el olor de las flores me recuerda a las mariposas,
Ellie. Un placer inocente –le explicó con voz suave.

Al oírle pronunciar su nombre de la infancia, Elizabeth deseó saber qué tenía en mente porque parecía
haber ideado muchas cosas para la noche.

Aceptó la copa de champán recién servida que él
le dio.

−Espero que te guste –le dijo con una sonrisa que
invitaba a compartir todo tipo de placeres.

−Gracias, Harry –respondió ella al darse cuenta de
que la copa tenía dentro una fresa aplastada que lo
convertía en una bebida mucho más sensual.

−Relájate –le recomendó, señalándole una de las
tumbonas–. Creo que va a ser una puesta de sol espectacular –levantó su copa hacia ella–. Por nuestra
primera noche juntos.

Elizabeth se había sentado recatadamente, pero al
ver que él se tumbaba, se animó a hacer lo mismo.

Sin duda era un sitio privilegiado para disfrutar de
la puesta de sol.

−¿Has estado alguna vez en Broome? –le preguntó
Harry.

–No –Broome estaba en la costa oeste de Australia, en el otro extremo del país–. ¿Por qué?

–Allí hay unas puestas de sol increíbles. La gente organiza verdaderas fiestas para contemplarlas. Se olvidan de todo y se sientan a admirarlas, en completa sintonía con la Madre Naturaleza.

Sus palabras eran como una caricia que acabó con la poca tensión que aún sentía Elizabeth.

–Deberíamos hacerlo más a menudo –siguió diciendo con el mismo tono seductor–. Hay que disfrutar del momento. Vamos a intentar hacerlo esta noche, Ellie. No pensemos en el pasado... ni en el mañana, solo importa este momento.

–Sí –respondió, encantada con la idea.

Estuvieron un rato en silencio, viendo cómo el sol descendía lentamente hacia el horizonte.

–Mis padres solían pasar un rato juntos al final del día para ver el ocaso –le contó Harry con una sonrisa de nostalgia–. ¿Y los tuyos, Ellie? ¿Tienen algún momento especial solo para ellos dos?

Ella meneó la cabeza.

–Mi madre murió de cáncer cuando yo tenía diecinueve años y a mi padre no he vuelto a verlo desde el funeral. Sé que vive con otra mujer en Mount Isa. Nunca tuvieron una verdadera relación. Mi madre nos crio prácticamente sola a Lucy y a mí.

Harry arrugó el ceño.

–¿Tu padre no está en contacto con vosotras?

–Creo que él nunca quiso la responsabilidad que suponía tener hijos. Cuando venía a casa de permiso de la mina se pasaba el tiempo borracho y nosotras nos quitábamos de enmedio.

–¿Y cuando tu madre se puso enferma?

–Empezó a venir menos. Decía que las que debíamos encargarnos de cuidarla éramos Lucy y yo.

–Debió de ser muy duro para vosotras –dijo con comprensión.

–Sí, pero también fue algo muy especial. Como tú has dicho, en aquella época aprendimos a disfrutar de todos los momentos porque no sabíamos cuál sería el último y hubo algunos maravillosos.

–Al menos vosotras sabíais lo que iba a ocurrir –murmuró antes de mirarla con una profunda tristeza–. Mickey y yo no nos dimos cuenta de lo valiosos que eran esos buenos momentos hasta que perdimos a nuestros padres.

–Supongo que esas muertes repentinas son más difíciles de asimilar.

–No sé. Por otra parte, no tuvimos que verlos sufrir –meneó la cabeza–. Solo tenías diecinueve años. ¿Cómo os arreglasteis?

–Yo estaba en la universidad, pero iba a casa todo el tiempo. Lucy dejó los estudios para ocuparse de mi madre.

–¿Y volvió a retomarlos después?

–No –no podía explicarle que para Lucy no había sido fácil estudiar. Ella no quería que nadie supiese que era disléxica–. No quiso hacerlo y no lo necesitó para conseguir trabajo.

–Mientras que tú eras la estudiosa, la sensata.

Elizabeth respiró hondo.

–Es una conversación un tanto extraña para una noche de diversión erótica, ¿no crees, Harry?

–No sé. Tenemos toda la noche para el erotismo,

pero me gusta la conversación. Creo conocer bien a Elizabeth después de dos años... pero quiero conocer mejor a Ellie.

—Eso es el pasado, Harry —le recordó—. Eso no es vivir el momento.

Sus ojos azules adquirieron esa intensidad que siempre lograba incomodarla.

—Ellie es la base de la mujer que eres ahora; aún la llevas dentro de ti.

—¡Qué tontería! —protestó.

—¿Tú crees? Eres la hermana mayor, la que cuidaba de su hermana, la que cargó con la responsabilidad de organizarlo todo cuando vuestra madre cayó enferma y cuando murió, la que quiere encontrar un hombre que no le haga lo mismo que tu padre os hizo a vuestra madre y a vosotras.

Volvía a escarbar y escarbar. Elizabeth volvió a sentarse y le lanzó una mirada de frustración.

—No he venido para que me psicoanalices.

—Lo sé. Ellie quería volar libremente por una vez, ¿verdad?

¡Odiaba que se diera cuenta de todo! Hacía que se sintiera desnuda en más de un sentido. No era así como había planeado la noche. Tenía la impresión de que le hubiera arrebatado el control.

—¿Te entrometes siempre tanto en la vida de tus amantes de una noche?

Harry la miró con curiosidad.

—¿Qué te hace pensar que tengo muchas amantes de una noche?

—Tu manera de coquetear. Michael dice que coqueteas con todas las mujeres. No solo conmigo.

–Es divertido coquetear y puede serlo para ambas partes. En cierto modo, es una manera de buscar esa conexión mágica que lleva a dos personas a la cama, pero eso no sucede a menudo. Las veces que ha ocurrido nunca ha sido algo de una sola noche. Ellie, has dado por hecho algo sobre mí que no es cierto.

–Bueno, esto sí que va a durar solo una noche –insistió, tratando de retomar el control.

–¿Por qué?

–Porque... –no quería decirle que no había pensado más allá de eliminar el dolor que le provocaba el que Mickey y Lucy fueran a estar juntos allí al día siguiente–. No quiero tener nada serio contigo, Harry –le dijo como excusa.

–¿Por qué? ¿Es que piensas que voy a defraudarte?

Sí. A punto estuvo de decirlo, pero no tuvo tiempo de hacerlo.

–¿Te defraudé cuando necesitaste ocultar lo afectada que estabas por lo que surgió entre Mickey y tu hermana? ¿O cuando necesitabas escapar de ellos? ¿Te he defraudado en algún momento durante esta semana? ¿Hay algo que me hayas pedido y no haya hecho? ¿No te he demostrado que me importa lo que sientas, Ellie?

No podía rebatir ni negar nada de lo que había dicho, sin embargo...

–Todo eso encajaba con tus planes –le dijo.

–¿Qué planes son esos?

Le daba vueltas la cabeza por la presión de todas aquellas preguntas. Tenía que aferrarse a lo único que sabía que era cierto. Dejó la copa sobre la mesa, se puso en pie delante de él y lo retó a tomar lo que tanto le había pedido.

—¡Tenerme así, accesible! Ese era tu plan —le espetó—. ¿Así que por qué no dejas de hablar de una vez y haces lo que has venido a hacer?

La furia estalló dentro de Harry. Había intentado llegar a ella, conocerla más a fondo, pero se empeñaba en cerrarse a él. Dejó la copa, se puso en pie también y respondió del mismo modo que ella.

—¿Quieres que te trate como un trozo de carne en lugar de como a una mujer que de verdad me importa? ¡Muy bien! ¡Eso haré!

Capítulo 12

ELIZABETH lo había empujado a tratarla sin el menor cuidado y estaba tan molesto con ella, que no podía rechazar lo que le ofrecía. Levantó las manos hasta esos pechos que tanto había deseado tocar, le acarició los pezones con la yema de los dedos. La tela de la blusa le daba un toque de erotismo a la caricia.

La deseaba con todas sus fuerzas.

Llevaba toda la semana consumiéndose por ella.

Sintió su mirada clavándosele en el rostro.

«¡Sí, mírame!», pensó con furia. «Date cuenta de que soy yo y no Mickey!».

Desabrochó el único botón que le cerraba la blusa para poder sentir de verdad la suavidad de sus pechos. Le pasó los brazos alrededor de la cintura y la apretó contra sí. Era una sensación increíble.

–Harry... –susurró ella.

No quería escuchar nada que pudiera decirle, pero el oírle pronunciar su nombre le hizo sentir un gran triunfo. Había dicho su nombre, no el de Mickey. Estampó la boca contra la de ella con la intención de borrar de su cabeza cualquier pensamiento sobre su hermano.

Para su sorpresa y su deleite, fue ella la que coló

la lengua entre sus labios y lo buscó mientras hundía los dedos en su pelo. Le puso una mano en la parte inferior de la espalda para apretarla contra su erección al tiempo que le deshacía el nudo del bikini, primero de un lado y luego del otro. La curva de su trasero, ya sin el impedimento de la tela, era pura dinamita que encendió su deseo de ella hasta llevarlo al borde de la explosión.

La despojó también de la blusa aunque para ello tuvieran que dejar de besarse un instante. Tenía que hacerlo para tenerla por fin completamente desnuda, totalmente accesible.

La levantó en brazos y, apretándola contra su pecho, la llevó al interior de la casa, hasta el dormitorio, donde la dejó sobre la cama. Agarró el preservativo que había dejado preparado en la mesilla y, tras quitarse los pantalones, se lo puso y se tumbó a su lado. La envolvió de nuevo en sus brazos y volvió a besarla apasionadamente para que no tuviera la menor duda de lo que estaban haciendo.

Ella levantaba las caderas hacia él, haciéndole ver la intensidad de su deseo. Lo único que lo frenaba para no poseerla de inmediato era esa insistencia suya de que aquello iba a ser algo de una sola noche. Si eso iba a ser todo lo que iba a haber entre ellos, quería hacer realidad todas las fantasías que había albergado sobre ella para no pensar después en lo que podría haber hecho.

Fue bajando la boca por su cuello y luego por su pecho, cubriéndola de besos hasta llegar a esos maravillosos pechos, donde pudo disfrutar del festín que le ofrecían sus pezones; lamerlos, chuparlos y devorarlos mientras se deleitaba en el sonido de sus gemidos de placer.

Llevó la mano hasta los pliegues de su sexo y metió los dedos en esa humedad que le facilitaba el acceso para intensificar sus emociones y volverla loca por él.

Separó los pliegues para dar con el clítoris y entonces se agachó a lamerlo, primero muy despacio y luego fue aumentando el ritmo hasta que ella empezó a estremecerse. La oyó gritar su nombre, suplicarle. Volvió a tumbarse sobre ella, preparado para el último movimiento, pero antes necesitaba algo más de ella.

–¡Mírame! –le pidió.

Ella obedeció, parpadeando, pero no parecía verlo realmente.

–¡Di mi nombre!

–¿Qué? –preguntó, confundida.

–¡Di mi nombre!

–Ha... rry...

–¡Otra vez!

–Harry, Harry, Harry... –gritó con entusiasmo–. Por favor...

–¿Me deseas?

–¡Sííí! –empezó a darle puñetazos en los hombros–. No puedo más, como no...

La hizo callar con un beso arrollador mientras se sumergía por fin en ella. Cuando apartó la cara y oyó el gemido de satisfacción que salió de su garganta se sintió eufórico. Ella levantó las caderas y le agarró las nalgas, tratando de obligarlo a ir más rápido, pero quería que el placer fuera aumentando, no que explotara de golpe. Empezó despacio, gozando de su impaciencia y de sus ansias, de esos pequeños espasmos que le decían que estaba entregada a él... a él, no a Mickey.

Sintió su humedad y no pudo controlar por más tiempo la necesidad de su propio cuerpo. Una necesidad que se apoderó de su mente y le hizo olvidarse de todo lo que no fuera el ascenso hasta el clímax. Por fin pudo liberar la tensión de todos los músculos del cuerpo y entonces se tumbó a su lado y la abrazó con fuerza, aferrándose a esa intimidad todo el tiempo que le fuera posible.

Ella no intentó apartarse. Quizá tampoco le quedaban fuerzas. El caso fue que se quedaron así, con las piernas entrelazadas y los cuerpos pegados. Harry le acarició el pelo mientras pensaba que aún podía tocarla. Se preguntó qué pasaría el resto de la noche. ¿Aparecería Ellie y lo vería por fin tal como era, o seguiría allí Elizabeth, empecinada en sus ideas preconcebidas?

No podía saberlo, ni controlarlo.

Al menos había conseguido hacer que lo deseara con todas sus fuerzas, aunque solo fuera una noche.

Elizabeth no quería moverse. Era maravilloso estar allí acurrucada contra Harry mientras él le acariciaba el pelo. De pronto recordó su infancia, sentada en el regazo de su madre y ella acariciándole el pelo igual que ahora Harry. Nunca se lo había vuelto a hacer nadie. Siempre había sido ella la que consolaba a Lucy, jamás al revés. Resultaba extraño que fuera Harry el que lo hacía, pero... no quería moverse.

También le gustaba estar desnuda con él y sentir el contacto de su piel cálida, esa fuerza masculina que la envolvía y hacía que se sintiera protegida. Había tanta paz en aquel momento después de la tremenda tormenta de sensaciones. Se había acostado con Harry... aún le costaba creerlo. Nunca había perdido el control de tal modo, nunca nadie le había hecho sentir tanto placer, ni el privilegio de tener un orgasmo después de otro. Todo eso le daba una idea de lo maravilloso que podía ser hacer el amor con el hombre adecuado.

Aunque no pensaba que Harry fuera el hombre adecuado en ningún aspecto... ¿o acaso lo era?

Quizá se había precipitado al juzgarlo, o quizá simplemente se estaba dejando engañar por lo increíble que había sido el sexo con él. Probablemente fuera el mejor para cualquier mujer que se llevara a la cama. El que hubiera sido algo especial para ella no quería decir que lo fuera también para él. De todos modos, se alegraba de haberlo compartido con Harry.

—¿Estás bien? —le preguntó él en tono cariñoso.

Ella suspiró, encantada.

—Más que bien, gracias.

—Entonces vamos a darnos una ducha y luego podremos meternos en la piscina.

Elizabeth estaba acalorada y pegajosa.

—Buena idea.

La ducha tenía tamaño de sobra para los dos, lo que aprovecharon para enjabonarse el uno al otro y tocarse íntimamente.

—¿Te diviertes?

En el tono de Harry había un toque de ironía que

atrajo la atención de Elizabeth. En sus intensos ojos azules no había rastro de diversión y eso le provocó un escalofrío al recordar cuando le había insistido en que aquella noche no sería más que un poco de diversión erótica, como si él no tuviera la menor importancia en su vida. Ahora comprendía que se hubiera enfadado tanto.

Instintivamente, levantó la mano y se la puso en la mejilla a modo de disculpa.

—Solo estaba disfrutando contigo, Harry. Igual que quiero que lo hagas tú conmigo.

Hubo un momento de silencio, pero entonces él se inclinó y le dio un beso tan largo e intenso que borró de su mente cualquier duda de que pudiera seguir enfadado con ella.

El baño en la piscina fue otro regalo más para los sentidos.

—Quédate aquí —le ordenó Harry mientras salía del agua—. Voy a encender las teas para espantar a los mosquitos y a sacar las ostras y el vino.

—¡Ostras! —exclamó, riéndose—. Creo que no necesito ningún afrodisiaco, Harry.

Él se detuvo en seco y se volvió a mirarla con frialdad.

—No es ningún truco de playboy, Elizabeth. Simplemente me acordé de que te gustaron mucho en tu comida de cumpleaños.

El modo en que pronunció su nombre fue como una bofetada que le hizo darse cuenta de que lo ofendía cada vez que lo consideraba un playboy. Quizá incluso se sentía insultado. Desde el principio le había dicho que esa etiqueta no le correspondía. ¿Acaso había cometido una terrible injusticia con él? Al fin y al cabo, ¿qué prueba real tenía de que fuera desconsiderado con las mujeres? ¡Ninguna!

Nada más verlo por primera vez había dado por sentado que un hombre tan increíblemente atractivo sería de los que huían de cualquier relación seria y preferiría estar con todas las mujeres que caían rendidas a sus pies. Inmediatamente había levantado un muro que lo protegiera de él.

Ahora empezaba a sospechar que quizá había apartado a un hombre que podría merecer la pena mucho más de lo que había creído posible. En todo momento había creído que Michael tenía el tipo de carácter que ella buscaba en un hombre, estable y responsable, y no peligroso como Harry. Pero, ¿de verdad era tan peligroso Harry, o había sido solo una falsa percepción suya?

Al verlo aparecer con la bandeja de ostras y el vino no pudo evitar preguntarse si tendría todo lo que siempre había deseado. Por desgracia, no había luz suficiente para ver la expresión de sus ojos, así que no sabía si seguía enfadado con ella.

Salió de la piscina y fue hasta él mientras dejaba las cosas en la mesa.

—Me gustan mucho las ostras, Harry. Gracias por acordarte —dijo, esperando que sirviera para borrar el comentario del afrodisiaco.

—También me acordé de que tu hermana había dicho que te gustaba el centollo en salsa picante. Es la especialidad de un restaurante que conozco en Port Douglas, así que encargué uno para ti y ahora está en el microondas.

Elizabeth lo miró, conmovida y avergonzada de que fuera tan atento con lo mal que lo había tratado. Lo había utilizado como distracción, incluso se había acostado con él en aquella villa solo porque era allí donde Michael iba a llevar a Lucy.

–Lo siento mucho, Harry.

–¿El qué?

–El haber sido tan insensible y cruel contigo. Estaba amargada por cosas que no tienen nada que ver contigo, pero te he hecho responsable de ellas. He sido muy injusta y no sé por qué eres tan amable conmigo, no me lo merezco –se le llenaron los ojos de lágrimas que intentó secarse rápidamente–. Lo siento, no puedo evitarlo.

–No pasa nada –le dijo en tono reconfortante–. Respira hondo un par de veces y suéltalo todo. A veces la vida es una mierda, pero hay que olvidarse de las cosas malas. Eso era lo que intentaba ayudarte a que hicieras, Ellie.

Ellie... El oírle pronunciar otra vez su nombre de cuanto era niña volvió a llenarle los ojos de lágrimas y le encogió el estómago. Hacía tanto tiempo que deseaba que alguien cuidara de ella después de tantos años cuidando de sí misma y de Lucy, pero no podía esperar que Harry siguiera haciéndolo. Lo que sí podía hacer era disfrutarlo en ese momento.

–Gracias por ayudarme –le dijo esbozando una sonrisa.

–Mereces que alguien tenga detalles contigo –aseguró él–. Todo el mundo lo merece porque hace que la vida sea más feliz. Eso me lo enseñó mi madre.

Recordó la conversación que había tenido con Sarah sobre Yvette Finn.

–Sarah dice que tú eres igual que tu madre –y ella empezaba a verlo de un modo muy distinto.

–Es difícil, pero lo intento.

–Háblame de ella –le pidió impulsivamente para comprender de dónde venía él–. Puedes empezar contándome cómo se conocieron tu padre y ella.

Harry se echó a reír, pero enseguida le contó que su madre había sido enfermera y su padre, uno de sus pacientes que se empeñó en conquistarla a pesar de lo mucho que le costó.

–Mi padre siempre se sintió muy privilegiado de que mi madre acabara enamorándose de él. Ella le impuso ciertas reglas para que el matrimonio funcionase y mi padre las aceptó porque ella era toda su vida. En cierto sentido, supongo que fue una suerte que murieran los dos al mismo tiempo porque estaban muy unidos.

«Debió de ser un matrimonio maravilloso», pensó Elizabeth, deseando tener algún día uno así.

–Siempre he pensado que Lucy podría haber sido una buena enfermera –murmuró, acordándose de lo bien que había cuidado de su madre.

–Podría haberlo sido si hubiese querido.

–No –dijo sin pensarlo.

–¿Por qué? Podría haber vuelto a estudiar.

–Nunca se le dio bien hacer exámenes –la dislexia hacía que le costara mucho aprobarlos, aunque tenía mucha memoria y aprendía de maravilla a través de la práctica–. Después de la muerte de mi madre, no tenía la cabeza para concentrarse en los estudios

–añadió para que no le preguntara nada más–. Tenía solo diecisiete años y fue un golpe muy duro para ella.

–Es comprensible –afirmó él.

Tomó un sorbo de vino blanco y anunció que estaba lista para comer. Harry se echó a reír y siguió haciéndolo mientras le servía.

Harry se puso en pie y la envolvió con una toalla para secarla bien. Ella no intentó impedirlo, ni protestó cuando se la ató alrededor de la cintura, dejándole los pechos al descubierto.

–Son demasiado bellos para taparlos –le dijo con una sonrisa.

–Me gusta que pienses eso –respondió ella tímidamente.

Harry sintió una profunda alegría al comprobar que no había ni rastro del muro; ya no se protegía contra él, ni ocultaba lo que pensaba o sentía.

Quizá no hubiera olvidado a Mickey, pero sin duda lo había dejado de lado durante unas horas y estaba disfrutando del tiempo que estaban pasando juntos, y no solo en el ámbito sexual, sino en muchos otros aspectos más allá de lo físico. La química entre ellos no había desaparecido, si acaso se había acentuado ahora que se conocían íntimamente, pero Harry empezaba a pensar que podría ser el comienzo de una relación que podría ser especial.

En lugar de llevársela a la cama con furia como antes, esa segunda vez habían ido caminando los dos juntos de la mano y habían hecho el amor lenta y pausadamente, algo que él al menos había disfrutado enormemente. Aquello no podía ser una aventura de una sola noche. No estaba dispuesto a aceptarlo. Elizabeth Flippence se había abierto a él y le gustaba mucho lo que había descubierto, demasiado como para dejarla escapar.

Al día siguiente comprobaría si había desaparecido su obsesión por Mickey.

Deseaba con todas sus fuerzas que así fuera.

Capítulo 13

UNA mujer que de verdad me importa».
Elizabeth se pasó toda la mañana recordando las palabras que le había dicho Harry y casi se había olvidado de la llegada de Michael y Lucy. Había llegado a la conclusión de que ningún otro hombre había hecho tanto por ella en toda su vida: la había ayudado, consolado y había respondido a todas sus necesidades y deseos.

Aquello no podía ser solo sexo.

Había visto verdadera preocupación en su rostro cuando le había preguntado esa mañana si iba a estar bien. Le había asegurado que sí, a lo que él le había respondido que estaría cerca en todo momento.

Dispuesto a acudir al rescate si lo necesitaba, igual que lo había hecho el lunes anterior.

Era muy reconfortante sentir que se preocupaba por ella y saber que contaba con ayuda para soportar el fin de semana lo mejor posible. Aunque lo cierto era que ya no le dolía pensar que Michael y Lucy estaban juntos, pero quizá verlos fuera otra cosa.

Así pues, pasó la mañana en el despacho, atendiendo las peticiones y encargos de los clientes y repasando los pedidos. Sarah Pickard pasó por allí con la excusa de pedirle que encargara toallas nuevas, pero la miraba con tal curiosidad que estaba claro que sabía algo de lo que había entre Harry y la nueva directora. Seguramente lo sabrían ya todos los empleados. Si bien no pensaba ocultar nada, Elizabeth tampoco tenía intención de hablar de su vida privada con nadie.

–Harry me ha dicho que la que viene con Mickey es tu hermana –le comentó Sarah.

–Así es –se limitó a decir ella.

–Eso está bien. ¿Cómo se conocieron?

–Lucy vino a verme a la oficina de Cairns y conectaron de inmediato. Así de simple –resumió.

–Y Harry te conoció a ti cuando fue a ver a Mickey.

–Sí.

Al darse cuenta de que Elizabeth no estaba por la labor de contarle nada más, Sarah dio un paso atrás y lanzó un último comentario.

–Es muy interesante.

Ella más bien habría dicho que era complicado. Ninguno sabía si aquello continuaría, pero si no era así, las consecuencias podrían ser muy incómodas. Sería muy bonito si, como Lucy había dicho el lunes mientras Harry les pedía los cócteles, acabaran juntos los cuatro... como una familia feliz, pero Elizabeth no contaba con ello. Era demasiado pronto para pensarlo siquiera.

Lucy escapaba de las relaciones casi tan rápido como las empezaba.

En cuanto a Harry y ella, ni siquiera podía considerarlo todavía una relación. Lo único que podía decir con certeza era que su actitud hacia él había cambiado radicalmente. ¡Y que era fantástico en la cama!

Eran casi las doce cuando Harry la llamó desde el embarcadero y le dijo que el barco de Mickey estaba a punto de atracar. Se puso tan nerviosa de pronto que se dio cuenta de que no iba a ser tan fácil salir airosa de aquella visita. Lo importante era no perder la compostura, sintiera lo que sintiera por dentro.

Lucy entró al despacho abrazada de Mickey, encantada de tenerlo a su lado. Le resplandecía la cara, le brillaban los ojos y su sonrisa transmitía absoluta felicidad. A Elizabeth se le encogió el corazón al ver la prueba irrefutable de que su hermana estaba completamente enamorada.

—¡Esta isla es maravillosa, Ellie! —exclamó—. ¡Menudo lugar para trabajar! ¿Te está gustando? —le soltó el brazo a Michael y se acercó a abrazarla.

—Espero no demasiado —gruñó Michael.

—Ha sido todo un cambio —dijo ella secamente mientras lo observaba.

Estaba aún más guapo que de costumbre; quizá porque parecía más relajado y amable. Pero lo curioso era que ella ya no sentía nada al verlo. Ahora era de su hermana.

—Uno bueno, espero —intervino Harry, mirándola fijamente.

Otro que estaba más guapo que nunca. El recuerdo de la noche anterior la llenó de satisfacción y ternura. Ya no le molestaba que la mirada fijamente porque sabía que solo quería saber qué tal estaba.

—Sí —respondió con una sonrisa para calmar su preocupación.

—Harry, ya puedes ir quitándote de la cabeza la idea de quedarte con mi ayudante —protestó Michael.

–Como ya te dije, eso tiene que decidirlo ella –respondió él afablemente.

–Bueno, mientras os peleáis por mi maravillosa hermana, quiero que me enseñes dónde vives –le pidió Lucy al tiempo que tiraba de ella hacia la puerta–. Debo decirte que estás estupenda con el uniforme –le dijo en cuanto salieron del despacho.

–No tan espectacular como tú.

–¿No es muy llamativo? –le preguntó Lucy señalando el ajustado suéter rojo y morado que llevaba.

Elizabeth meneó la cabeza.

–Tú puedes ponerte lo que quieras.

–Ojalá... –murmuró con una ligera mueca.

Al mirar a su hermana, Elizabeth se dio cuenta de que estaba preocupada por algo.

–¿Qué ocurre?

–Nada, nada –se apresuró a decir–. Enséñame el dormitorio –una vez en la habitación, Lucy se detuvo frente a la enorme cama–. ¿La has compartido ya con Harry?

–La verdad es que no –cambió de tema para esquivar cualquier pregunta–. Cuéntame qué está pasando entre Michael y tú.

Lucy la miró y se le iluminó el rostro.

–¡Todo está pasando! Te prometo, Ellie, que nunca había estado tan loca por nadie. No te puedes imaginar lo enamorada que estoy. Es maravilloso, pero también me da miedo.

–¿Qué es lo que te da miedo?

Se dejó caer sobre la mesa y apoyó la cabeza en las manos.

–Michael es muy inteligente, ¿verdad?

–Sí.

–¿Qué va a pasar cuando se dé cuenta de que mi cerebro no funciona del todo bien y que me cuesta leer y escribir? Hasta ahora he conseguido disimular como lo hago siempre, pero nunca había tenido nada tan intenso con alguien, así que tarde o temprano se dará cuenta de que soy un poco rara en ciertas cosas –se giró para mirar a Elizabeth–. Tú has estado dos años trabajando para él, ¿crees que lo perderé si le digo que soy disléxica?

Elizabeth solo sabía que Michael era muy meticuloso y perfeccionista con el trabajo, pero nada más.

–La verdad es que no lo sé, Lucy. ¿Crees que él también está enamorado?

–No puedo estar segura de que sea amor, pero sí sé que deseo que lo sea, Ellie. Nunca he deseado nada tanto como esto. Quiero importarle tanto que le dé igual que sea un poco tonta.

Elizabeth se sentó junto a ella y le acarició la cabeza.

–Si te quiere, no le importará nada. Y deja de decir que eres tonta, Lucy. Eres muy inteligente y tienes mucho talento para muchas cosas... cualquier hombre debería sentirse afortunado de tenerte a su lado.

–Aún no quiero decírselo. No podría soportarlo si... –la miró con absoluto temor–. Necesito más tiempo. Tú no se lo habrás dicho a Harry, ¿verdad?

–No y no lo haré si tú no quieres.

–Gracias. Ahora cuéntame tú qué tal con Harry.

Elizabeth se encogió de hombros.

–También necesito más tiempo.

–Pero te gusta.

–Sí –dijo sin dudarlo. No había nada en él que no le gustara.

Lucy se giró para mirarla de frente.

–Prométeme que no te alejarás de él si no salen bien las cosas entre Michael y yo.

Jamás habría esperado que Lucy se parara a pensar en eso.

–Podría ser el hombre perfecto para ti –siguió diciendo su hermana antes de que pudiera responder–. Podríais ser muy felices juntos y no quiero ser la causa de ningún problema entre vosotros. Quiero que seas feliz con él al margen de lo que pase entre Michael y yo.

Miró a su hermana, conmovida por sus palabras.

–Pero estando tan enamorada como estás, sufrirás mucho si se aparta de ti –como había sufrido ella el lunes anterior.

–No te preocupes por mí, Ellie –dijo, estrechándole una mano entre las suyas–. Lucha por lo que quieres. Te mereces ser feliz.

–Tú también.

–¿Quién sabe? Puede que lo logremos las dos.

–Pase lo que pase con ellos, siempre nos tendremos la una a la otra –le recordó con cariño y certeza.

–¡Por supuesto! –exclamó un instante antes de que la emoción y la sinceridad dejaran paso a la picardía–. Ahora vamos a buscar a nuestros hombres y a aprovechar al máximo el fin de semana porque nunca podemos saber cuándo será nuestro último día. ¿Verdad?

–¡Verdad! –respondió Elizabeth con decisión.

Cuando volvieron al despacho, los dos hermanos

seguían allí de pie charlando. Al ver a Lucy a Michael se le iluminó la mirada. Ella acudió a los brazos que él le tendió y se acurrucó contra su pecho.

—¿Qué os parece si vamos a comer los cuatro al restaurante? —propuso Michael.

—¿Por qué no os adelantáis Lucy y tú, pedís una botella de vino y Elizabeth y yo vamos en cuanto cerremos aquí un par de cosas?

La idea les pareció bien y salieron de allí de inmediato, dejándola a solas con Harry.

Elizabeth había estado observando atentamente a Michael, tratando de encontrar algo que le dijera si iba a hacer daño a su hermana si la atracción no se convertía en amor. Estaba claro que para ella no era una aventura más.

¿Sería el hombre perfecto para su hermana? Hasta hacía muy poco había creído que era el hombre perfecto para ella y aún le costaba pensar en que lo fuera para Lucy, pero al menos ya no le dolía. No sentía celos, ni envidia. Solo el temor de que el destino les hubiese jugado una mala pasada uniéndolas a dos hombres que podrían provocar un auténtico caos en sus vidas.

Harry apretó los puños con fuerza. Elizabeth no había apartado la vista de Michael y Lucy en ningún momento. A él ni lo había mirado, ni había buscado su ayuda para nada. Incluso ahora que se habían ido, seguía ensimismada, probablemente analizando lo que sentía.

¿Seguía obsesionada con Mickey?

Necesitaba saberlo.

—Elizabeth... —dijo con más tensión de la preten-
dida.

Levantó la mirada hacia él. No había dolor alguno
en sus ojos, solo curiosidad.

—Si prefieres no comer con ellos... —empezó a decir, dispuesto a inventarse alguna excusa para no tener que estar con ellos.

—No, no me importa.

—¿Estás segura? —necesitaba que le confirmara
que la relación de su hermana con Mickey no le provocaba ya la menor angustia.

En su rostro apareció una sonrisa burlona al tiempo
que se acercaba a él y, para su sorpresa y deleite, le
echó los brazos alrededor del cuello.

—Lucy me ha dicho que viniéramos a buscar a
nuestros hombres y, en este momento, tú eres mi
hombre, Harry. Espero que te parezca bien —le dijo
en tono seductor.

¿De verdad era cierto?

No quería ser un sustituto para ella.

La rodeó con sus brazos y la estrechó contra sí. En
lugar de oponer resistencia, ella se acurrucó contra
su pecho y se frotó contra su cuerpo, lo que le provocó una erección instantánea. En sus ojos había un
descaro que no había visto nunca en ella y la determinación de empezar a disfrutar al máximo de la
vida.

Se había olvidado de Mickey y lo elegía a él. La
besó y ella respondió sin dudas ni inhibiciones de
ningún tipo; con una pasión que lo obligó a hacer un
verdadero esfuerzo para controlar el deseo. No podía

124

llevársela a la cama porque Mickey y Lucy los estaban esperando en el restaurante.

Pero lo importante era que aquel beso era la promesa de que lo del día anterior no iba a ser la aventura de una sola noche que Elizabeth había pretendido.

Podría esperar.

Por ahora le bastaba con saber que había ganado.

Elizabeth Flippence era ahora suya.

Capítulo 14

NADA más despertar el domingo por la mañana, Elizabeth sintió al hombre que tenía al lado en la cama, una cama que era la primera vez que compartían. El sonido de su respiración, el calor de su cuerpo desnudo, el recuerdo del placer que habían compartido. Harry Finn...

Se dio media vuelta para mirarlo, con una sonrisa asomándosele a los labios. Aún estaba dormido, así que aprovechó para observar cada centímetro de su cuerpo que no le tapaba la sábana: los hombros fuertes, los brazos, ese rostro masculino con la nariz ligeramente torcida, los rizos negros que le caían sobre la frente, la sombra de barba en la mandíbula. Su hombre, pensó, al menos por el momento.

Era raro, pero también liberador haberse deshecho de todas esas normas que dictaban cómo debía vivir y lanzarse de lleno al vacío con Harry sin importarle si resultaba ser un error. Al oírle decir a Lucy el día anterior que uno nunca sabía cuándo sería su último día le había parecido absurdo negarse a sí misma lo que Harry podría darle solo por el miedo a equivocarse y que algo maravilloso no durara.

¡Y qué si no duraba!

Tenía treinta años. ¿Por qué no disfrutar de lo que podía compartir con él? Cuando todo terminara, si terminaba, al menos habría disfrutado del mejor sexo que podría imaginar cualquier mujer.

Se preguntó si Lucy sentiría lo mismo con Michael. ¿Sería tan buen amante como su hermano? ¿Sería aún mejor cuando una estaba enamorada? Era demasiado pronto para decir que estaba enamorada de Harry, pero lo cierto era que era mucho más... mucho mejor de lo que jamás habría imaginado que podría ser. No era en absoluto un playboy superficial. Le importaba de verdad lo que ella sintiera.

De pronto abrió los ojos y la sorprendió mirándolo.

–¡Hola! –dijo, sonriendo de inmediato.

Ella sonrió también.

–Hola.

–¿Cuánto tiempo llevas despierta?

Elizabeth alargó la mano y le pasó un dedo por la nariz.

–Lo suficiente para preguntarme cómo te la rompiste.

Él se echó a reír, se tumbó de lado y la miró de frente.

–Jugando al rugby.

–Háblame de esos años, Harry.

Estaba encantado de contarle todo lo que quisiera saber porque, después de dos años haciéndole sentir que no merecía la pena conocerlo mejor, era reconfortante sentir que tenía interés en él.

–Mickey y yo siempre supimos que queríamos unirnos a los negocios de nuestro padre. Él nos contaba sus planes y nos parecía algo creativo y emocionante porque uno podía crear sus propias reglas en lugar de seguir las pautas que imponían otros.

–Fuisteis muy afortunados de tener un padre así, Harry.

No como el de ella.

Pudo verlo en sus ojos, en la tristeza que transmitía su voz. Al recordar lo que le había contado Elizabeth sobre su padre, comprendió que fuera tan cauta con los hombres y los juzgara a fondo antes de permitir que formaran parte de su vida. Y si consideraba que alguien era un playboy o un mujeriego, eso significaba un no rotundo, por mucha atracción que hubiera entre ellos. Seguramente también se alejaría inmediatamente de cualquiera que bebiera demasiado.

Ahora que la tenía entre sus brazos, como había deseado, sentía la necesidad de demostrarle que con él podía estar segura. Que era uno de los buenos.

–Es la clase de padre que yo quiero ser con mis hijos –anunció con firmeza.

Ella enarcó las cejas.

–¿Tienes intención de formar una familia algún día?

–Sí. ¿Tú no?

Parecía confusa.

–La verdad es que ya no lo sé. En este momento me siento un poco perdida, Harry.

Seguramente había soñado compartir algo así con Mickey y, ahora que el sueño se había roto, comprendía que se sintiera desorientada. Pero no supo hasta qué punto hasta unas horas más tarde.

Comieron con Lucy y Michael antes de que se marcharan de la isla. Elizabeth no sintió la menor tensión por estar con ellos, en realidad quería aprovechar para observarlos juntos. Le preocupaba que Lucy creyera que su dislexia podría provocar la ruptura y habría querido poder asegurarle que no sería así.

Sin duda era un problema y sospechaba que era algo que había condicionado mucho la vida de su hermana, que seguramente estaba relacionado con su inestabilidad y con que nunca le duraran demasiado las parejas o los trabajos. Si Michael llegaba a rechazar a Lucy por eso, lo odiaría por ello.

Nada parecía haber cambiado entre ellos, aún seguían mirándose embobados el uno con el otro y la comida se desarrolló en absoluta armonía.

Hasta el momento de la sobremesa.

—¿Tienes algún candidato para el puesto de director, Harry? —le preguntó Michael a su hermano.

—He recibido algunos currículos, pero todavía no he llamado a nadie. Quizá Elizabeth quiera quedarse un poco más.

—¡Elizabeth es mía! —exclamó Michael, visiblemente molesto.

—¡No! —estalló ella sin pensarlo.

—No me digas que Harry te ha convencido para quedarte.

—No, no me voy a quedar aquí más que el mes que acordamos.

La isla era preciosa, pero estaba demasiado lejos de todo como para llevar una vida normal, y también demasiado lejos de Lucy. Además, si lo suyo con Harry no funcionaba, se sentiría atrapada allí.

—Entonces vuelves conmigo –insistió Michael.

—Lo siento, Michael, pero me temo que tampoco voy a hacer eso.

Las implicaciones personales que habían surgido durante la última semana hacían que aquel trabajo fuera ahora demasiado complicado como para que se sintiera cómoda trabajando de nuevo codo con codo con él.

—¿Por qué no?

—Estando aquí me he dado cuenta de que necesito un cambio. No quiero ocasionarte ningún problema –se apresuró a decir al ver el gesto de rabia con que Michael miraba a su hermano–. Pero quiero enfocar mi vida hacia otra parte.

—Pero si eres una ayudante magnífica.

—Lo siento, pero vas a tener que buscarte otra persona.

No iba a recular porque creía que lo mejor que podía hacer era apartarse de los Finn en el terreno profesional de manera que lo que ocurriera en lo personal fuera un poco más sencillo.

—Tengo una idea –anunció Harry–. ¿Por qué no le ofreces el trabajo a Lucy? Seguro que lo hace tan bien como su hermana.

Lucy se quedó lívida al oír aquello.

—Ella no se dedica a esto –dijo Elizabeth.

Michael frunció el ceño y miró a Lucy.

—Pero trabajas en la dirección del cementerio.

—Soy la que trata con el público, Michael —aclaró ella rápidamente—. No hago trabajo administrativo. Se me da bien ayudar a la gente y es lo que me gusta —añadió, rezando para que no insistiera más.

Michael apretó los labios, aceptando que no era una buena solución.

—Siento no poder sustituir a Ellie —le dijo Lucy, acariciándole la mano para intentar recuperar el buen ambiente.

—No tienes que sentir nada. Eres una persona con un gran don de gentes y me encanta que seas así. No me gustaría que eso cambiara.

Elizabeth vio sonreír a su hermana con un profundo alivio. Problema solucionado, pensó. Pero no podría seguir ocultándole eternamente que era disléxica.

Michael suspiró y se volvió a mirar a su ya ex- ayudante.

—Lamento mucho que te vayas, Elizabeth, pero deseo que te vaya bien. Cuenta con mi carta de recomendación.

—Gracias.

Harry no alcanzaba a comprender por qué Elizabeth estaba cerrando la puerta y cortando los vínculos con ellos dos. Si ya había olvidado a su hermano, ¿por qué dejar de trabajar para él? Era un buen empleo y no creía que encontrara a nadie que le pagara mejor.

Comprendía que no hubiera aceptado la idea de quedarse en la isla, pues estaría lejos de su hermana y de la ciudad, pero también significaba que no veía mucho futuro en lo que había entre ellos, lo cuál le hizo plantearse cuánto futuro quería él con ella.

Seguramente lo averiguaría con un poco más de tiempo, pero antes necesitaba saber si seguía utilizándolo para olvidarse de Mickey.

Elizabeth tenía miedo de haber hablado demasiado pronto y con ello haber estropeado la comida. Era obvio que Michael estaba molesto con su decisión y que culpaba a Harry de ello. Harry también estaba en tensión y Lucy parecía muy nerviosa.

—Voy al aseo —anunció Lucy unos minutos después—. ¿Me acompañas, Ellie?

Apenas habían cerrado la puerta del aseo cuando se hermana se volvió hacia ella.

—¿Por qué has dejado el trabajo? Siempre has dicho que te encantaba trabajar para Michael.

—Así era, pero estando aquí me he dado cuenta de que quiero algo más relajado, no quiero pasarme el día corriendo y trabajando bajo presión.

—¿Entonces no tiene nada que ver con Michael y yo? —le preguntó, preocupada.

—No —mintió Elizabeth—. Michael está molesto, pero no creo que vaya a pagarlo contigo y, si lo hiciera, es que no es el hombre que te mereces.

—Tienes razón. Tienes todo el derecho del mundo a buscar algo que te guste más.

Una vez arreglado todo con su hermana, salieron de allí, pero la despedida de Michael resultó algo tensa. Elizabeth esperaba que Lucy lo ayudara a superar el enfado.

Ya a solas, Harry la siguió hasta su despacho y también cuestionó su decisión.

—Comprendo que no quieras quedarte en la isla, pero, ¿por qué has dejado de trabajar para Mickey?

—Ya lo he explicado.

—Me parece que eso no era más que una tapadera.

—Si eso es lo que crees, no tengo más que decir —dijo, airada.

Harry la miró fijamente en silencio durante unos segundos.

—El viernes por la noche sabía que me estabas utilizando, pero quiero saber si lo que ha pasado desde entonces tiene algo que ver con tus sentimientos hacia Mickey.

Elizabeth se vio dividida entre la vergüenza de haberlo utilizado y la rabia de que pensara que seguía haciéndolo.

—¡No! —gritó y se acercó a él para disculparse por haber sido tan insensible con sus sentimientos—. Ya ni siquiera pienso en él —le aseguró vehementemente—. No te he estado utilizando. Incluso el viernes no estaba del todo segura de por qué lo estaba haciendo —le puso ambas manos en el pecho—. Pero desde entonces, te prometo que solo he querido conocerte más a fondo porque me gusta todo lo que estoy descubriendo de ti. Por favor, no pienses que nada de esto está relacionado con tu hermano.

—¿Entonces por qué no quieres trabajar para él?

—Puede que no quiera tener que acordarme todo el tiempo de lo tonta que fui. De verdad necesito un cambio —le echó los brazos alrededor del cuello y se apretó contra él—. ¿Podemos olvidarnos ya de Michael?

—Es mi hermano —insistió él.

—¿Eso quiere decir que tengo que trabajar para él o dejaré de gustarte?

Harry arrugó el entrecejo.

—No, no es eso.

—¡Mejor! Porque por mucho que desee seguir con esto que tenemos, no voy a permitir que nadie me diga lo que tengo que hacer.

Esa era la absoluta verdad.

Quería tener un compañero sentimental, no un amo y señor.

Harry creía lo que le había dicho Elizabeth. La admiraba por la fuerza que demostraba al aferrarse a sus decisiones. Era toda una guerrera, dispuesta a luchar con uñas y dientes por lo que deseaba.

Y al mismo tiempo era vulnerable a sus necesidades de mujer, unas necesidades que él parecía satisfacer.

La miró, abrazada a su cuello y con los labios haciendo un pequeño mohín, y no pudo resistir la tentación de besarla.

Y ella respondió con pasión.

Harry supo en ese momento que aquello era el principio de una relación que prometía mucho más que ninguna otra que él hubiera tenido.

Capítulo 15

EN SU segunda semana en Finn Island, Elizabeth se hizo cargo de la dirección del hotel sin ayuda de nadie. Tenía reuniones todos los días con Sarah y Jack Pickard y con Daniel Marven. Aparte de ellos, pasaban por el despacho muchos huéspedes para hacer planes o contarle lo que habían hecho. La mayoría era gente con mucha experiencia en viajes y solían comparar el complejo con otros que habían conocido en distintos rincones del mundo, pero siempre salía ganando el de Finn Island, lo cual decía mucho a favor de Harry.

Ahora que lo conocía más sabía que era tan estable y responsable como su hermano y que no tenía absolutamente nada de playboy.

La llamaba todos los días para ver qué tal iban las cosas y tenían largas conversaciones que siempre la dejaban con una sonrisa en los labios. Hablaban de todo con facilidad y eso le gustaba. Incluso los coqueteos que en otro tiempo la habían exasperado ahora la hacían reír.

No dejaba de sorprenderle lo mucho que había cambiado su vida en tan poco tiempo. Desde que había renunciado al sueño de Michael y se había entregado a la pasión que despertaba Harry, tenía la impresión de haber solucionado también muchos otros conflictos internos.

En sus correos electrónicos, Lucy seguía cantando alabanzas de Michael y, aunque seguía siendo pronto, Elizabeth tenía la esperanza de que la relación continuase y los hiciese feliz a ambos. Y quién sabía... quizá Harry también fuera su compañero ideal.

Volvió a la isla el sábado, entró en su despacho con una enorme sonrisa en los labios y los ojos brillantes de alegría. Cuando estaba debatiéndose entre echarse o no en sus brazos, Harry dejó el maletín en el suelo y la besó con una pasión que encendió también la de ella.

Era maravilloso sentirse tan deseada.

Y todo era tan maravilloso, en parte, por el respeto que Harry demostraba sentir hacia su opinión. Estuvieron mirando juntos los currículos de los distintos candidatos a director y Harry escuchó con atención todo lo que ella pudiera decirle y eso la hizo sentir como una verdadera compañera.

Toda aquella armonía hizo que aquella noche el sexo fuera aún más especial.

Estaban tumbados el uno frente al otro, aún con las piernas entrelazadas, cuando Harry comenzó a acariciarle la cabeza, la miró a los ojos y le dijo:

—Me gustaría mucho que te quedaras en la isla, Ellie. Aún no es tarde para cambiar de opinión.

Sintió una repentina presión en el pecho.

—No puedo, Harry —aseguró.

Él recibió la respuesta frunciendo el ceño.

—Pero eres feliz aquí; lo he notado siempre que te

he llamado, y estás más relajada y segura de ti misma que nunca. ¿Por qué no te lo piensas de nuevo?

—Es mejor que busques otra persona.

—Pero me gusta que formes parte de mi mundo, Ellie. Me he dado cuenta de lo genial que es compartirlo contigo.

Elizabeth respiró hondo para mantenerse fuerte ante la promesa de un futuro que podría significar estar juntos para siempre. Pero una vocecilla le decía que era demasiado pronto para saberlo, demasiado pronto para comprometerse.

—No te estoy rechazando, Harry —le dijo, acariciándole la mejilla—. Pero necesito estar cerca de Lucy y si trabajara aquí, estaríamos demasiado lejos.

Harry suspiró con resignación y con una dulce sonrisa en los labios.

—Entonces tendré que invadir tu apartamento de Cairns.

Eso la hizo sonreír a ella también.

—Eso espero.

Harry se dijo a sí mismo que debía contentarse con que estuviese dispuesta a continuar la relación una vez que regresara a Cairns. Ya no tenía la menor duda sobre sus sentimientos hacia Mickey porque la conexión que los unía era demasiado increíble para dudar de ella. Pero no alcanzaba a comprender ese empeño en cortar la relación laboral con ambos.

Aunque tampoco quería que eso empañara en modo alguno lo que tenían juntos.

Por ahora debía conformarse con eso.

El timbre del teléfono los despertó esa mañana antes del amanecer.

—¿Sí? —contestó Harry.

—¿Harry Finn? —preguntó una voz masculina que no le resultaba familiar.

—Sí. ¿Quién es?

—Soy Colin Parker, le llamo de la policía de Cairns. Siento informarle de que su hermano, Michael Finn, ha tenido un grave accidente de coche...

El corazón se le detuvo al oír esas últimas palabras. El pánico lo dejó mudo.

—Su hermano se encuentra en cuidados intensivos —siguió diciéndole aquel hombre—. No sé exactamente cuáles son las lesiones, pero sí que son graves.

—No está muerto —dijo con profundo alivio. Aunque no había garantía de que saliera de aquella, al menos tenía una oportunidad, no como sus padres.

—¿Quién? —gritó Elizabeth, alarmada.

De pronto cayó en la cuenta de que era más que probable que Lucy fuera con él en el coche un sábado por la noche.

—¿Mi hermano iba solo en el coche?

Elizabeth se llevó las manos a la cara, mirándolo con los ojos abiertos de par en par y llenos de horror.

—Sí. No había pasajeros.

—Lucy no iba con él —le susurró a Elizabeth de inmediato—. Gracias por llamarme, señor Parker. Estaré en el hospital tan pronto como me sea posible.

Mientras se ponía la ropa a toda prisa intentaba decidir cuál era la manera más rápida de llegar a Cairns.

«Aguanta, Mickey», le suplicó en silencio.

–Solo sé que está en cuidados intensivos –le explicó a Elizabeth al ver la angustia con que lo miraba–. Tengo que irme. ¿Me esperarás aquí hasta que...? –no sabía ni cómo terminar la pregunta, ni se atrevía a pensarlo.

–Claro –respondió ella de inmediato–. Haré todo lo que necesites, solo tienes que llamarme. Me quedaré todo el tiempo que sea necesario.

Sí, pensó Harry, siempre había sido ella la que había soportado el peso de la responsabilidad y siempre lo sería.

Se acercó a ella, la estrechó en sus brazos y la apretó para sentir el calor de su cuerpo y espantar así el frío que le había helado los huesos.

–Gracias –le dijo con un beso en la frente–. Te llamaré –murmuró y se apartó de ella para ir junto a su hermano.

Elizabeth no iba a irse a ninguna parte.

Michael quizá sí lo hiciera.

Con el corazón encogido por la preocupación y el horror de lo que había ocurrido, Elizabeth buscó el teléfono para llamar a su hermana y contarle lo que le había ocurrido al hombre al que amaba.

¿Dónde estaría su hermana? ¿Por qué no habría ido con él en el coche? ¿Habrían tenido algún problema? Sonó la señal numerosas veces antes de que por fin se oyera la voz adormilada de Lucy. Claro, aún era muy temprano, pero eso no importaba.

–¡Despierta, Lucy! –le ordenó bruscamente–. Ha habido un accidente.

–¿Qué? ¿Eres tú, Ellie?

–Sí. Michael ha tenido un accidente y está herido en el hospital.

–Michael... no, no, no –eran gritos de angustia y de rabia–. ¡Dios mío! ¡Yo tengo la culpa!

–¿Por qué?

–Anoche en la cena comí algo que me sentó mal, Michael me trajo a casa y, como no paraba de ir al baño y de vomitar, me dejó aquí y se fue a buscarme alguna medicina a la farmacia. Estaba tan agotada que supongo que me quedé dormida. ¡Dios mío, Ellie! ¡Salió para ayudarme!

–¡Calla, Lucy! Tú no provocaste el accidente y no vas a solucionar nada poniéndote histérica –le dijo con vehemencia–. ¿Todo va bien entre vosotros?

–Sí... sí... no sabes lo atento y cariñoso que estaba anoche. ¡Dios, Ellie! Si lo pierdo, me moriré.

–Entonces será mejor que hagas todo lo que se te ocurra para que desee vivir. ¿Sigues enferma, o puedes ir al hospital? Está en la unidad de cuidados intensivos.

–Ahora mismo voy para allá –decidió sin rastro ya de histerismo.

–Harry está de camino. Sé amable con él, Lucy. Acuérdate de que Michael y él perdieron a sus padres en un accidente. Yo tengo que quedarme aquí para hacerme cargo del trabajo, pero le vendrá bien tener a alguien al lado.

–Lo entiendo. Lo amas, pero no puedes estar con él.

¿Amarlo? Muy típico de Lucy etiquetar todo apresuradamente, algo que ella no se atrevería a hacer.

No obstante, no perdió el tiempo en llevar la contraria a su hermana.

—Necesito saber lo que está pasando, Lucy. ¿Me llamarás en cuanto sepas algo?

—Te lo prometo.

Después de colgar, Elizabeth respiró hondo y trató de calmarse. No podía hacer nada más, pero estaba demasiado inquieta para quedarse allí, así que se dio una ducha, se vistió y se fue caminando. Se sentó en la arena a ver el amanecer y el movimiento del mar, dos cosas que consiguieron infundirle un poco de paz. La Naturaleza seguía su curso sin detenerse y sin tener en cuenta lo que les ocurriera a los seres humanos.

Era el amanecer de un nuevo día. Otro día que estaba viva, pensó, agradecida.

La vida era algo muy valioso.

Una vez más, Elizabeth sintió la necesidad de aprovecharla al máximo.

La última semana con Harry había sido maravillosa. Era muy feliz con él y, aunque el hablar de amor era un paso demasiado grande, lo cierto era que tanto su corazón como su cabeza empezaban a abrirse a la posibilidad de que Harry Finn fuera el hombre con el que compartir su vida tal y como había soñado.

Capítulo 16

ELIZABETH pasó toda la mañana en vilo a la espera de recibir noticias de Michael. Pensó que sería Lucy la que la llamaría, pero fue Harry el que lo hizo. Inmediatamente le aseguró que las lesiones de su hermano habían resultado no ser tan graves como habían temido en un primer momento.

—Tiene roto un brazo, varias costillas y una cadera fracturada, además de multitud de contusiones y laceraciones —el suspiro de alivio de Harry le transmitió una profunda tranquilidad—. Va a estar una buena temporada de baja, pero no hay peligro de ningún daño permanente.

—Cuánto me alegro, Harry —le dijo Elizabeth.

—Está aquí Lucy. La he dejado en la habitación con Mickey, sujetándole la mano. La verdad es que tu hermana me ha sorprendido.

—¿Por qué?

—Mickey tiene muy mal aspecto, así que le recomendé que no entrara a verlo, pero me soltó un discurso sobre lo mucho que le importaba mi hermano y lo fuerte que era ella cuando se trataba de acompañar a alguien que estaba sufriendo.

Elizabeth esbozó una sonrisa.

–Ya te dije lo bien que cuidó de nuestra madre.

–Y parece que también va a hacerlo muy bien con Mickey. Igual que hacía mi madre con mi padre. Ahora está sedado, pero los médicos dicen que está fuera de peligro.

–Eso es lo más importante, Harry. Pase lo que pase en el futuro, al menos tendrá futuro.

–¡Gracias a Dios!

–¿Tú estás bien, Harry? No sería de extrañar que estuvieras en estado de shock.

–Estoy bien –dijo después de otro suspiro–. Voy a tener que hacerme cargo de la oficina de Cairns durante un tiempo porque no hay nadie en quien delegar.

–Lo sé –murmuró ella, consciente de que los pensamientos de Harry iban a mil por hora, intentando solucionar todos los problemas.

–Fijaré las entrevistas con los dos candidatos que elegimos y te enviaré al que me parezca mejor de los dos. Si tú pudieras ayudarlo un poco al principio...

–Claro –le dijo de inmediato–. No te preocupes por nada relacionado con la isla, Harry. Ya tienes suficientes cosas en la cabeza. Mantenme informada de todo lo que ocurra.

–Lo haré. Y gracias por... –hizo una pausa y cuando volvió a hablar, lo hizo con una voz más profunda–, por ser como eres, Elizabeth.

Aquellas palabras hicieron que se le formara un nudo en la garganta. Después de tantos nervios, estaba a punto de echarse a llorar y tenía la sensación de que Harry también estaba a punto de venirse abajo.

–Cuenta conmigo para lo que necesites, Harry... ya sabes que puedes hablar conmigo en cualquier momento. No hace falta que afrontes nada tú solo, ¿de acuerdo?

Hubo una nueva pausa, más larga que la anterior. Elizabeth se preguntó si se habría excedido, dando por hecho que entre ellos había más confianza de la que había cuando no estaban en la cama.

—Pero me temo que no me gusta el sexo por teléfono —añadió.

Oyó la carcajada de Harry al otro lado de la línea y no sabía si era una manera de soltar la tensión o que se estaba riendo de su remilgo.

—¡Dios, Ellie, te amo! —dijo de pronto—. De verdad.

Eso la dejó muda. ¿Eso era una auténtica declaración?

—Y me mataría que no me correspondieras —siguió diciendo con más seriedad.

¿Cómo podría responder a eso?

—Bueno, pues no te mueras por ahora.

—No lo haré, tengo muchas razones para vivir. Y tú también —añadió, lleno de convicción—. Hasta pronto.

Elizabeth no sabía qué pensar. Al final llegó a la conclusión de que las palabras de Harry habían sido tan solo una reacción impulsiva provocada por la tensión acumulada y el agradecimiento. Era más fácil verlo así que creer que lo decía en serio porque no quería sentirse presionada a amarlo. Sintiera lo que sintiera por él, quizá amor, no estaba preparada para entregarse por completo. Era demasiado apresurado.

Harry sabía que se había precipitado con la declaración de amor. Había salido de su boca prácticamente sin que se diera cuenta de lo que hacía y sin pensar en cómo la recibiría Elizabeth. Y lo peor de todo era que no había podido ver su reacción.

Lo que había dicho era cierto. Lo sabía sin ningún género de dudas. Nunca había podido renunciar a ella y a la atracción instintiva que los había unido desde el principio a pesar de su empeño en preferir a Mickey. Pero ahora sabía que eran perfectos el uno para el otro, lo sentía en las entrañas. Sin embargo, ella no parecía estar preparada todavía para aceptarlo.

Hasta que pudiera volver a verla, se contendría de hablarle de sus sentimientos. Aún no estaba del todo seguro de que hubiese superado lo de Mickey y, mucho menos, de haberse ganado su corazón.

«Paciencia, Harry», se dijo a sí mismo.

Elizabeth Flippence era una mujer por la que merecía la pena esperar.

Entretanto, tendría que convencerla de que también él merecía la pena.

Desde el accidente de Michael, Elizabeth estaba todo el tiempo pendiente del teléfono y de recibir alguna llamada de Cairns. Le importaba mucho cómo estuviera Michael, por supuesto, pero cuando su hermana había empezado a llamarla a todas horas y a contarle hasta los detalles más nimios, se había dado cuenta de que lo que quería era saber de Harry, no de Lucy.

Siempre que oía su voz al otro lado del teléfono le daba un vuelco el corazón. No había vuelto a mencionar la palabra «amor» en ningún momento y, a pesar de creer que no quería oírle decir que la amaba, lo cierto era que sí que quería, aunque también le bastaba con charlar con él de cualquier cosa y era muy gratificante saber que lo estaba ayudando con los problemas que había en la oficina de Michael.

Le conmovía que respetase y valorase tanto su opinión. Con ningún otro hombre había alcanzado ese nivel de confianza y le encantaba. Cuando le dijo que ese fin de semana acompañaría al candidato que había elegido para director del hotel, Elizabeth se emocionó al saber que iba a poder estar con él, aunque solo fueran unas horas.

Le pidió que se reservase una villa para alojarse ella durante una semana, puesto que el nuevo director ocuparía el apartamento. Se llamaba David Markey y solo tenía veintiocho años, pero tenía experiencia como ayudante de dirección en un hotel de la costa sur. Al leer su currículum, Elizabeth había pensado que podría encajar bien y se alegraba de que Harry hubiese llegado a la misma conclusión.

Debían llegar en helicóptero el sábado por la mañana por lo que, en cuanto oyó el ruido del aparato, Elizabeth fue corriendo al despacho a recibirlos. Apenas había dormido la noche anterior pensando en Harry y en cómo serían las cosas entre ellos al volver a verse. Le resultó muy difícil contener los nervios, pero consiguió hacerlo concentrándose en los negocios. Le habría gustado ir a recibirlos al helipuerto, pero no le pareció que fuera lo más sensato.

Harry abrió la puerta del despacho y sus intensos ojos azules se clavaron en los suyos con tal fuerza, que Elizabeth se quedó inmóvil en la silla mientras el corazón se le subía a la garganta. Por fin se puso en pie con las piernas temblorosas, pero consiguió moverlas gracias al poder de la atracción magnética que Harry ejercía sobre ella. Su sonrisa la inundó de placer. Estaba tan asombrada por la magnitud de lo que estaba sintiendo que ni siquiera se fijó en el hombre que había junto a él hasta que Harry los presentó.

–David Markey, Elizabeth.

–Encantado de conocerla –le dijo el joven tendiéndole la mano.

–Lo mismo digo, David. Espero que seas muy feliz en Finn Island.

–Estoy muy contento de tener la oportunidad de trabajar aquí.

Jack había entrado para dejar el equipaje del nuevo director.

–Acompaña a Jack –le pidió Harry–. Él te enseñará dónde vas a vivir y te resolverá cualquier duda. Yo necesito hablar un momento a solas con Elizabeth.

–Claro. Muchas gracias –dijo el joven antes de salir de allí cerrando la puerta tras de sí.

La presencia de David había distraído a Elizabeth el impacto inicial de ver a Harry y le había permitido recuperar parte del control. Se volvió hacia él con una sonrisa.

–¿Una semana difícil?

–Pues... –en sus ojos apareció un brillo de picardía antes de que abriera los brazos hacia ella–. Creo que necesito un abrazo.

Elizabeth fue de inmediato a sus brazos, ansiosa por sentir el contacto de su cuerpo que tanto había echado de menos durante toda la semana.

–No hay nada como el calor de un cuerpo humano para hacer que uno se sienta mejor. No sabes cuánto me habría gustado que hubieras estado a mi lado esta semana, Ellie.

–Y a mí me habría gustado poder estar, Harry.

–Pero es imposible estar en dos lugares al mismo tiempo. Tenía pensado pasar aquí la noche, si te parece bien.

–Esperaba que lo hicieras –respondió ella, demostrándole que agradecía cualquier muestra de intimidad por su parte.

Harry la miró de un modo que no dejaba lugar a dudas sobre lo que estaba pensando.

–Si empiezo a besarte, no podré parar y ahora no tenemos tiempo. En cuanto vuelva David, te dejaré a solas con él. Sarah me ha pedido que coma con Jack y con ella para que les cuente todas las noticias sobre Mickey. Si quieres, tú puedes comer con David en el restaurante y presentarle a los huéspedes. Yo me reuniré con vosotros más tarde y, con un poco de suerte, podremos estar solos.

Con la certeza de que podría estar con él por la tarde, a Elizabeth no le importó que Harry se fuera con Jack y Sarah, pues sabía lo mucho que los dos querían a los hermanos Finn. Harry era un encanto por atender la petición de Sarah. Además, también le parecía adecuado ayudar a David a instalarse y establecer sus primeros contactos con los clientes.

Durante la comida, el nuevo director demostró tener muy buena mano con los huéspedes y con los empleados e incluso ella disfrutó de su compañía. Respondió a todo lo que le preguntó sobre el negocio y se fijó en que parecía absorber la información con bastante rapidez.

Fue entonces cuando se le pasó por la cabeza que quizá no necesitara pasar toda una semana preparándolo para el puesto. Al fin y al cabo, ya tenía experiencia en el sector, así que quizá en solo unos días pudiera volver a Cairns.

Junto a Lucy.

Junto a Harry.

A su vida real...

Lo cierto era que su estancia en la isla al final no había sido una huida, sino que se había visto obligada a afrontar la realidad de la relación entre Michael y Lucy y de la verdadera personalidad de Harry, al margen de las ideas preconcebidas y los prejuicios que se había formado sobre él. También había aprendido que una atracción puramente sexual podía acabar siendo algo mucho más profundo si se le concedía la oportunidad de hacerlo.

El tiempo que había pasado allí había sido todo un viaje emocional y, ahora que llegaba al final, se daba cuenta de que estaba preparada para seguir adelante y que deseaba hacerlo. Si había suerte, con Harry, que se había convertido en una parte esencial de su vida. Eso no podía negarlo. Pero tampoco iba a empezar a fantasear como había hecho con Michael. Sería realista y viviría el momento.

Un momento que estaba deseando que llegara.

Después de la comida, acompañó a David al despacho y le mostró cómo funcionaba el programa de reservas. No le resultó nada fácil concentrarse en el trabajo, pues estaba impaciente por ver entrar a Harry hasta tal punto que no dejaba de mirar a la puerta y de preguntarse cuánto más tiempo pensaría quedarse con Jack y Sarah.

Acababan de dar las dos de la tarde cuando por fin se abrió la puerta y apareció él, llenando el aire de una energía eléctrica que puso a Elizabeth en tensión.

–¿Qué tal? –le preguntó.

–Bien –contestó ella.

–Bien –dijo también David.

–Muy bien. Ahora necesito reunirme a solas con Elizabeth –anunció con esa autoridad que tanto le había sorprendido cuando le había visto despedir a Sean Cassidy–. Cuando nos vayamos, puedes cerrar el despacho y no hace falta abrir hasta las cinco. Tómate todo el tiempo que necesites para instalarte o para dar un paseo e ir familiarizándote con la isla. Si te parece bien, cenaremos juntos esta noche –dijo eso tendió una mano hacia ella–. Elizabeth...

–Luego nos vemos, David –le dijo al nuevo director al tiempo que iba hacia Harry con el corazón lleno de emoción e impaciencia por pasar las siguientes tres horas con él.

Eso le proporcionaría muchos momentos que vivir... al máximo.

Capítulo 17

TAN PRONTO como salieron del despacho, Harry le agarró una mano y entrelazó los dedos con los suyos, provocándole un escalofrío que le recorrió todo el cuerpo.

—¿Qué villa es la tuya? —le preguntó.

—La uno. La que está más cerca de la oficina, por si me necesitaran.

Harry sonrió con admiración y respeto.

—Siempre dispuesta a ayudar.

—No creo que David vaya a necesitarme mucho tiempo, Harry. No tardará nada en manejarse solo.

—Eso es bueno. ¿Qué te parece?

—Bien. Se le ve cómodo entre los huéspedes y deseoso de trabajar y aprender.

—¡Me alegro!

—No creo que sea necesario que me quede más que unos cuantos días. Cuando esté segura de que puede encargarse de todo solo, volveré a Cairns y te ayudaré en la oficina —lo miró con repentina inseguridad, por si había dado por hecho algo que no debería—. Si tú quieres, claro.

Harry se echó a reír.

—Iba a pedirte que lo hicieras. Solo mientras Mickey se recupera y puede volver a asumir el control.

Andrew, el tipo que le recomendaste como sustituto tuyo, no está respondiendo bien a la presión. Creo que son demasiadas responsabilidades para él. Mickey ya había empezado a buscar un sustituto.

—Me quedaré hasta que lo encontremos —le prometió.

—Tú jamás abandonarías a nadie en un momento difícil, ¿verdad, Ellie?

Sus ojos la acariciaron como si fuera muy especial para él y a Elizabeth se le llenó el corazón de alegría.

—No si puedo ayudar —respondió, consciente de que Harry tampoco lo haría. Era un hombre cariñoso y atento que había cuidado de todos aquellos que se habían visto afectados por la muerte de Franklin Finn. Él no se había largado como había hecho su padre, pensó Elizabeth.

Ya no le importaba que la llamara Ellie porque cada vez que le oía pronunciar ese nombre, sentía el cariño con que lo hacía y el cariño de Harry se había convertido en algo esencial para ella.

Subieron los escalones del porche de la villa y, una vez arriba, Harry se detuvo para mirar hacia la bahía.

—No sé cómo Mickey soporta pasarse el día encerrado en la oficina semana tras semana.

—Le gusta su trabajo —señaló Elizabeth—. Y creo que no ve nada más cuando está allí.

—¡Por suerte para mí! —exclamó con una enorme sonrisa—. Yo no habría podido aguantarlo. Estoy deseando que se recupere y pueda retomar su puesto —la miró a los ojos con esa intensidad con la que parecía colarse en su alma y en sus pensamientos—. ¿Y tú, Ellie? ¿Has pensado qué quieres hacer con tu vida?

Elizabeth meneó la cabeza.

—Voy a vivir el día a día.

—¿Puedo sugerirte algo?

—No voy a trabajar para ti a tiempo completo, Harry —le dijo rápidamente, esperando que no intentara convencerla.

Se había enamorado de él y, aunque estaría bien trabajar juntos durante un tiempo, si él dejaba de desearla...

—No era eso lo que iba a pedirte —dijo, estrechándola en sus brazos.

—¿Entonces? —le preguntó al tiempo que le echaba los brazos alrededor del cuello y le ofrecía un beso con el que pretendía decirle que quería que le hiciera el amor.

Él debió de captar el mensaje porque esbozó una pícara sonrisa mientras volvía a mirarla a los ojos.

—No quiero que trabajes para mí, Ellie. Lo que quiero es que vivas conmigo. Quiero sugerirte que consideres la idea de casarte conmigo. Podríamos formar una familia, crear un hogar juntos y, con suerte, vivir felices para siempre. ¿Qué te parece?

Estaba atónita. ¡Jamás habría imaginado algo así! El corazón quería escapársele del pecho. Miró a Harry sin apenas creer lo que acababa de oír y sin poder articular palabra.

La reacción de Elizabeth le hizo darse cuenta de que había vuelto a precipitarse, pero esa vez no le importaba. Quería que supiera que quería pasar toda su vida con ella porque era la mujer que había estado buscando, la mujer que llenaría su vida, y no quería que tuviera la menor duda sobre lo que sentía por ella.

Él no la tenía. Aquella semana se había dado cuenta de que su hermano ya no ejercía la menor influencia en ella; había podido comprobarlo en todas las conversaciones que habían tenido. Lo que le interesaba a Elizabeth no era Michael, sino él; todo lo que pensara o sintiera.

Quería ayudarla a orientarse, servirle de apoyo como ella le había servido a él. Quizá aún no estuviese preparada para comprometerse de ese modo, pero quería que supiese que él sí lo estaba.

—Piénsalo, Ellie —le pidió suavemente y luego la besó.

Elizabeth no quería pensar. Quería sentir todo lo que Harry le hacía sentir. Se echó en sus brazos, ansiosa por sumergirse en la pasión que había entre ellos. Esa pasión que la invadía y que era capaz de transmitir más de lo que ella podía decir en ese momento.

Harry tampoco la presionó para que dijera nada. Simplemente la llevó al interior de la villa, donde se arrancaron la ropa el uno al otro y se dejaron consumir por el deseo hasta alcanzar juntos el clímax, arrastrados por un placer más intenso que nunca porque esa vez no era solo algo puramente físico. Era mucho más que eso. Tenía el corazón lleno de amor por ese hombre, un amor que los empujó a ambos a un mundo que les pertenecía solo a ellos. Elizabeth supo con absoluta certeza que jamás encontraría todo eso con ningún otro hombre.

Solo hacía unas semanas que había soñado con vivir algo así con Michael y parecía increíble que en tan poco tiempo Harry hubiese podido eclipsar a su hermano en todos los sentidos, pero así era. Y era algo real, no una fantasía. Se aferró a él, deseando que aquella realidad durase siempre.

De pronto pensó en su hermana.

¿Sería tan intenso lo que ella sentía con Michael?

Respiró hondo, consciente de que lo que ocurriera en esa relación era algo que no podía, ni debía controlar.

–¿Eso es un suspiro de satisfacción? –le preguntó Harry con un susurro.

–Te amo, Harry –afirmó Elizabeth, abriéndose por completo a él–. Sé que puede parecer increíble, pero es cierto.

–Yo también te amo –respondió él, mirándola una vez más a los ojos–. Estamos hechos el uno para el otro. Sé que siempre estarás a mi lado y espero que sepas que yo estaré contigo pase lo que pase.

–Lo sé –declaró con absoluta certeza.

–Entonces... ¿quieres casarte conmigo?

Claro que quería.

Y sabía que Lucy también querría que lo hiciera, al margen de lo que ocurriera entre Michael y ella.

–¿Qué es lo que te hace dudar?

–¿Serás amable con Lucy si Michael y ella rompen?

Era muy importante para ella, por eso debía preguntárselo, aunque a él le sorprendiera que se preocupara por algo así.

–Claro que seré amable, Ellie. Es tu hermana.

–Y Michael es tu hermano –le recordó–. Podría haber un conflicto de intereses.

–Ya nos arreglaremos –aseguró Harry–. Sé que Mickey jamás haría nada que pusiera en peligro mi felicidad y tengo la impresión de que Lucy tampoco querría ser un obstáculo para la tuya. ¿No crees?

–Sí.

–Entonces no hay problema –resumió–. Puede que no acaben juntos, pero eso no pondrá en peligro nuestros vínculos familiares porque los dos desean que seamos felices.

Tenía razón.

–Solo tenemos una vida, Ellie. No debemos perder el tiempo que tenemos para estar juntos porque nunca se sabe cuando nos lo arrebatarán.

Como les había pasado a sus padres.

Como había estado a punto de ocurrirle a Michael.

–Tienes razón –dijo, esa vez en voz alta–. Deberíamos casarnos y formar una familia. Ya sabes que tengo treinta años.

–Sí, lo sé –respondió, riéndose–. Y fue el mejor cumpleaños de todos porque te trajo hasta mí.

Ella también se echó a reír.

–No voluntariamente.

–Solo era cuestión de tiempo –declaró con arrogancia.

–Pues será mejor que no pierdas ni un segundo de ese tiempo –lo retó, desafiante y seductora–. Tengo que volver a la oficina...

Sus besos la hicieron callar.

Elizabeth disfrutó como nunca de estar con él porque su mente estaba en paz.

Amaba a Harry Finn con todo su corazón y él la amaba a ella.

Juntos aprovecharían al máximo el tiempo que tuvieran, apoyándose el uno al otro en todo momento porque así era como debía ser y como iba a ser. Harry y ella lo conseguirían porque los dos lo deseaban.

Era todo perfecto.

Sayid Al Kadar fue entrenado para ser un guerrero, pero no estaba destinado a gobernar...

Obligado a gobernar, el jeque Sayid se sorprendió al descubrir al niño que era el verdadero heredero del trono de su país, y decidió hacer todo lo posible por protegerlo, ¡aunque eso significara casarse con la tía del niño!

Chloe James se comportaba como una tigresa protegiendo a su cachorro, pero el jeque Sayid fue capaz de encontrar su punto débil. Tomando a Chloe como esposa consiguió calmar a su pueblo, y también dejarse llevar por la intensa atracción que existía entre ellos...

Heredero del desierto

Maisey Yates

Deseo y traición

HEIDI BETTS

Al descubrir que una empresa rival le había robado sus creaciones, la diseñadora Lily Zaccaro se juró que atraparía al ladrón. Se le ocurrió un plan perfecto: marcharse a Los Ángeles y, con otra identidad, emplearse como secretaria de Nigel Stratham, el sexy presidente de la compañía rival.

A medida que las largas jornadas laborales se convertían en noches apasionadas, Lily trataba de centrarse en su misión secreta. Esperaba que Nigel fuera inocente, porque estaba atrapada en la ardiente relación que mantenían. Pero, frente a tanto engaño, su amor pronto estaría en la cuerda floja.

Diseñadora secreta

¡YA EN TU PUNTO DE VENTA!